感悟一生的故事

感恩 故事

曹金洪　编著

北方妇女儿童出版社

·长春·

图书在版编目（CIP）数据

感恩故事 / 曹金洪编著 . -- 长春：北方妇女儿童出版
社, 2010.6（2024.3重印）
　　（感悟一生的故事）
　　ISBN 978-7-5385-4671-2

　　Ⅰ . ①感… Ⅱ . ①曹… Ⅲ . ①故事 – 作品集 – 世界 Ⅳ.
①I14

中国版本图书馆CIP数据核字(2010)第083513号

感恩故事
GANEN GUSHI

出 版 人　师晓晖
策 划 人　陶　然
责任编辑　于　潇　刘聪聪
开　　本　710mm×1000mm　1/16
印　　张　11.5
字　　数　200千字
版　　次　2010年6月第1版
印　　次　2024年3月第6次印刷
印　　刷　旭辉印务（天津）有限公司
出　　版　北方妇女儿童出版社
发　　行　北方妇女儿童出版社
地　　址　长春市福祉大路5788号
电　　话　总编办: 0431–81629600

定　　价　49.80元

是浮华的风带不走燥热的怅然，是盲动的雷也震不醒驿动的灵魂。这世间的一切，太多的幻想，太多的浮华，太多的……只有呼吸着的每一天，才感受到她的价值，她的真实。此刻，生命对于我们来说，只有一次，可以把握，可以珍惜。

于万千红尘中，我们不停地奔波着，劳碌着，快乐着也痛苦着，其目的就是为着生活，为着活着的质量。是血浓于水的亲情带着我们赤裸裸地来到这个尘世，当我们响亮的第一次啼哭，带给父母这一辈子最动听的音乐的同时，我们便与亲情紧密相连，永不可分了。也许前行的路荆棘丛生，也许前行的路坑坑洼洼，也许前行的路一马平川，但我们只要带着亲人们真切的惦念，带着亲人们殷殷的祈盼，就不会迷失前进的方向，就不会沉沦于泥潭沼泽里而不能自拔。

历经人生沧桑时，或许有种失落感，或许感到形单影只，这时，总会有一种朋友，无须形影相随，无须感天动地，无须多言，便心灵交汇，又能获得心灵的慰藉；在饱受风霜时，总会有一种朋友，无须大肆渲染，无须礼尚往来，无须唯美的表达方式，就能深深地感受到一种力量与信心，就能驱动前行的脚步。朋友无须多而在于精，友情也不必锦上添花，而在于雪中送炭。

童话故事里，我们经常看到王子吻醒了沉睡的公主，或是公主吻到中了魔法的青蛙，便可以幸福地结合在一起，永不分开。 在这世上，也许一份真爱可以彼此刻骨铭心到地老天荒，也许有一种真情彼此生死相依到海枯石烂。而这份真情、这份真爱却因世事的沧桑而深入到人们的骨子里，成为人们心中永恒的痛。

爱，有时，真的就是一种感觉，一种魂牵梦萦的感觉；有时，真的就是一种意境，一种心手相携的意境；有时，又会是一种情怀，一种两情相悦的情怀……

也许，真的如他人所说吧，亲情、友情、爱情，抑或其他值得珍惜的情谊，只是一种修为。所有的绝美，也许应该有一个绝美的演绎过程。我们所能做的，就只有把这种"永存"记录下来，让更多人从中获得感悟，获得启迪。

岁月如歌，有一些智慧启发我们的思想；有一些感悟陪伴我们的成长；有一些亲情温暖我们的心房；有一些哲理让我们终生受益；有一些经历让我们心怀感恩……还有一些故事更让我们信心百倍，前进不止。一个个经典的小故事，是灵魂的重铸，是生命的解构，是情感的宣泄，是生机的鸟瞰，是探索的畅想。

这套丛书经过精心筛选，分别从不同角度，用故事记录了人生历程中的绝美演绎。

本套丛书共20本，包括成长故事、励志故事、哲理故事、推理故事、感恩故事、心态故事、青春故事、智慧故事、人格故事、爱情故事、寓言故事、爱心故事、美德故事、真情故事、感恩老师、感悟友情、感悟母爱、感悟父爱、感悟生活、感悟生命，每册书选编了最有价值的文章。读之，如一缕春风，沁人心脾。这些可贵的精神食粮，或许能指引着我们感悟"真""善""美"的真正内涵，守住内心的一份恬静。

通过这套丛书，我们不求每个人都幸福，但求每个人都明白自己在生活。在明白生命的价值后，才能够在经历无数挫折后依然能坦然地生活！

目录
Contents

爱心如灯

让生命增值

月光下的蛙鸣

感恩地爱着

爱心如灯

爱心像一条锁链，连接着每个人的内心，伴随着爱心的传递，温暖也进入了每个人的心底。

那个温暖的夜

语 梅

这一天又这样过去了，他一无所获，在这个中西部的小城镇里，要想找一份工作是那样的难。冬天迫近，寒冷令人难以忍受。天很晚了，他才驾着车回家。

一路上冷冷清清，这是一条不怎么有人走的路，除非是要离开这里。天渐渐黑了下来，似乎还飘起了小雪，他得抓紧赶路。

他差点儿就错过那个因车在路边抛锚而等待帮助的老太太。于是，他将车开到老太太的"奔驰"车前，走了下来。

虽然他面带微笑，但还是让老太太有些担心。因为一个多小时了，这里就没有经过一个人。他会伤害自己吗？他看起来穷困潦倒，饥肠辘辘，很不让人放心。他看出老太太有些害怕，站在寒风中一动不动。他知道她是怎么想的，只有寒冷和害怕才会让人这样。

"老妈妈，你不用担心，我是来帮助你的，你为什么不到车里暖和暖和呢？对了，我的名字叫乔。"他说。

原来她遇到的麻烦是她的车胎瘪了。乔爬到车下面，找了个地方安上千斤顶，又爬下去两次。当他拧完最后一个螺母时，老太太摇下车窗，开始和他聊天，才发现乔弄得浑身脏兮兮的，还伤了手。她说，她从圣路易斯来，只是路过这儿，对他的帮助表示感激。乔只是笑了笑，帮她关上后备厢。

她问乔，她该付给他多少钱。乔没有想到要钱，他只是在帮助一个需要帮助的人，上帝知道过去在他需要帮助时，有很多人曾经帮助过他。他说，如果她真想答谢他，就请她下次遇到需要帮助的人，也给予帮助就可以了。

乔看着老太太发动汽车上路了，他才往家赶。天气寒冷且令人抑郁，但他还是有了一丝的高兴，他开着车很快消失在了暮色中。

沿着这条路行了几英里，老太太看到一家小咖啡馆。这才想起自己好长时间没有吃东西了。她决定走进咖啡馆，去吃点儿东西，驱驱寒气，再继续赶路。

侍者走过来，递给她一条干净的毛巾，老太太擦干湿漉漉的头发。这位侍者始终面带甜甜的微笑，亲切地问老太太需要什么。老太太注意到女侍者已有很明显的身孕，但她的服务态度没有因为一天的过度劳累而有所改变。老太太吃完饭，拿出两百美元付账，女侍者拿着这两百美元去找零钱。而老太太却悄悄地出了门，当女侍者拿着零钱回来时，正奇怪老太太哪儿去了，这时她注意到餐巾上有字。老太太在上面写着："你不欠我什么，我曾经跟你一样。有人曾经帮助我，就像我现在帮助你一样。如果你真想回报我，就请不要让爱之链在你这儿中断。"

清理桌子，服侍客人，这一天女侍者又坚持下来了。晚上，她下班回到家，躺在床上，她心里还在想着那钱和老太太写的话，老太太怎么知道她和丈夫很需要这笔钱呢？孩子就快要出生了，生活会很艰难，她知道她的丈夫有多么焦急。当他躺到她旁边时，她给了他一个温柔的吻，轻声说："一切都会好起来的。我爱你，乔。"

心灵 寄语

　　爱心像一个链条，连接着每个人的内心，伴随着爱心的传递，温暖也进入了每个人的心底。

爱心如灯

赵德斌

乔治是一个年轻的小伙子，他在华盛顿一家保险公司做营销员。有一次他去给女友买花，认识了这家花店的老板——本。乔治总共只在本的花店里买过两回花，与本也只是认识而已。

后来，乔治因为为客户理赔一笔保险费，被莫名其妙地控告为诈骗，他不幸地被投入监狱，今后的十年他需要在牢房里度过。闻此消息，他的女友很快离开了他，并有了新的男朋友。

十年太长！乔治是喜欢热烈、激情生活的。他彻底崩溃了，他不知道自己要如何打发这漫长的十年。他没有了爱，也看不到光明，他对生活完全失去了信心。

乔治在监狱里强撑着度过了一个月，郁闷极了，他简直就要疯了！这时，却有人来看他了。这个人是谁呢？在华盛顿他没有一个亲人，他想不出会有谁还记着他。

在会见室里，他不由得怔住了，原来是花店的老板——本。本给他带来一束鲜花。

虽然只是一束花，却给乔治的牢狱生活带来了无限生机。在孤独的监狱里，乔治不再绝望，他看到了人生还有希望。为打发时间，他在监狱里开始大量地读书，钻研科学。

说也奇怪，日子并没有想象中那样长得可怕，六年后他就获释了。他先到了一家电脑公司做雇员，不久自己就开了一家软件公司。几年后，他身家过亿，成了华盛顿数得上的人物。

成为富豪的乔治，想起了当年给他希望的人，想去看看当年的本。他一个人来到了那条街，那个花店早已不存在了。一打听才知道，本已于两年前破产了，一家人贫困潦倒，举家迁到乡下去了。

乔治买了一套房子，把本一家接了回来，并安排本在公司里工作。乔治说，是你每年的一束花，使我留恋人世的爱和温暖，使我活了下来，是你让我有了战胜厄运的勇气。现在无论我为你做什么，都不能回报当年你对我的帮助。我想以你的名义，捐一笔钱给北美机构，让所有不幸的人都能感受到你博大的爱心。

后来，"华盛顿·本陌生人爱心基金会"就是乔治以本的名义捐了一大笔钱开办的。

心灵 寄语

在人生跌到低谷的时候，一丝关怀会给人带来无限的温暖。那温暖如同黑夜里的星辰，指引着我们前进的方向。

一把椅子成就了一生

秋 旋

能和美国"钢铁大王"卡内基一起共事，并得到他的赏识和提携，这是一个让人不敢想象的美事。可是，有一位年轻人却轻易地做到了。他只用了一把椅子，就与这位亿万富翁搭上了话，并与他齐肩并举，从此走向成功之路。

事情是这样的，那是一个阴云密布的夏日午后，转眼间，大雨倾泻而下，行人纷纷逃进就近的店铺躲雨。这时，有一位浑身湿淋淋的老妇人，步履蹒跚地走进费城百货公司。看着她狼狈的姿容和简朴的衣裙，没有人去搭理她，她只好扶着门站在那里等待雨停。

这时候，一个年轻的小伙子走了过来，很诚恳地对她说："夫人，您需要我为您做点什么吗？"老妇人莞尔一笑说："不用了，我在这儿躲会儿雨，马上就走。"年轻人很客气地为老妇人搬来了一把椅子，说："夫人，这把椅子给您，您坐下来休息一下吧。"

大雨整整下了两个小时，雨过天晴，老妇人向那个年轻人道了谢，并随意地向他要了张名片，就颤巍巍地走了出去。

几个月后，一封让人惊喜的信送到了费城百货公司的总经理詹姆斯的手里。

信上说希望能派这位年轻人前往苏格兰收取装潢一整座城堡的订单，另外自己家族所属的几个大公司下一季度的办公用品也需要他来负责采购。詹姆斯震惊了，他粗略一估算，这一封信所带来的利益，相当于他们公司两年的总利润。

当他以最快的速度与写信人取得联系后，才知道这封信是一位老妇人写的，而她正是美国亿万富翁"钢铁大王"卡内基的母亲。

詹姆斯把这位叫菲利的年轻人推荐到费城百货公司董事会。年轻人没想到自己能从一个小小的员工一下子就成了这家百货公司的合伙人。那年，他才22岁。

年轻人以自己一贯的踏实和诚恳，在随后的几年中，成了"钢铁大王"卡内基的左膀右臂，在事业上扶摇直上。在他29岁时成为美国钢铁行业仅次于卡内基的传奇人物。

年轻人希望用知识和爱心帮助更多的年轻人走向成功，在他很年轻的时候就为全美国的近百家图书馆捐赠了800万美元的图书。

心灵寄语

善良的灵魂会带给你高尚的品质，同样，你还会因为你的善良而走向成功的道路。

感动也在素不相识间

王新龙

　　上个周末，没事去酒店里听歌，刚坐下来就看到一个二十岁左右的女孩儿走上了舞台。也许是第一次登台，也许是准备不够充分，旋律响过之后，她才唱了开头的一句：

　　"雨潇潇……"

　　没有跟上旋律自然没法再唱下去了，这个女孩儿非常尴尬地站在那里，不知所措，再也没法继续了。

　　这时有一个男孩儿，从座位上站起，快步走到台上，拿起另一只麦克风，站在女孩儿的身旁，随着音乐的旋律唱了起来，待乐曲重又过渡到开头的时候，女孩儿也跟着齐声唱了起来："雨潇潇，恩爱断姻缘……"男孩儿唱完这一句，他放下麦克风，大方地回到自己的座位上。那个女孩儿在他的"启动"下，有了信心，放开了嗓子，很动听地把这首歌美好地唱了下来。台下响起了掌声。

　　当时我的心里不觉涌出了一种感动。

　　有一年冬天，我独自走在空旷的街上。在经过森林公园前的马路时，我正想着心事。忽然听到有人响亮地"喂"了声，接着我就被一个小伙子拉了一把。这时，一辆红色的"的士"飞一般地从我面前擦身而过。我被吓出了一身冷汗，呆呆地站在那里。等我定下神来想说声"谢谢你"的时候，那小伙子早已跨上自行车走了，只给我留下了个背影。

后来我独自逛街过马路的时候，总会想起这位面容都未曾记清的陌路人。

几年前，有一个老头儿，他的老伴过世了，唯一的女儿又嫁到了美国。他不习惯那边的日子，也不愿意去住。因此，他总是过得很不快活，他常来看我，他说："我已是快入土的人了，还企望什么呢？"

这位孤独的老头儿没有任何企望，非常节俭，不喝酒也不抽烟，只是喜欢喝咖啡。那一日，当我为他煮了咖啡，又把一块白色方糖投入他的杯盏中，然后用一只小汤匙不断地搅动的时候，他竟感动得流出了眼泪。

从那以后，只要他来看我，我都细心地为他煮咖啡，并且把一块白色方糖放进他的杯中，为他慢慢、慢慢地搅动。我想，在这个世界上，在这淡淡的苦味的咖啡杯盏中，他一定能获得一点甜意和安慰或者是一丝的温暖吧！

心灵 寄语

虽然素未谋面，但感动是不分你我的。虽然互不相识，但爱心的温暖却深入心间。

拒绝冷漠

诗 槐

　　小李初到广州，在一家公司担任管理部主任，与其一起工作的另一位主任是林小姐。这位年轻的林小姐负责行政。林小姐看上去二十岁左右，脸上却有一种与年龄不太相称的严肃与沉稳。

　　第一天上班，小李笑着请各位同事多多指点，末了小李说："希望我们能成为朋友。"谁知她毫无表情地说："在公司里没有朋友，只有我们的上司和下属。"

　　这话让人感觉冰味十足，令人很不舒服。那天林小姐阴沉着脸色，把老板分配的任务交给了小李。这使小李第一次感受到了竞争的压力。

　　在工作中，小李尚未泯灭的人情味显然赢得了好感，虽然大家上班时必须互称"先生""小姐"，但私下里却亲切地在名字前加个"阿"，小李也成了"阿磊"。但林小姐例外，在任何时候她都是"林小姐"，所有人都对她敬而远之。林小姐在执行老板命令时一丝不苟，哪怕仅仅迟到几秒钟，她也会毫不客气地请你在罚款单上签字，什么违规的事也逃不过她的眼睛。

　　公司有一条苛刻的规定：不准打私人电话，接听不得超过三分钟。有一天林小姐正在接母亲的长途电话，看样子她很是兴奋，一脸的娇憨与平日大相径庭。正说着，却发现老板走来了，林小姐拿听筒的手微微有些抖。小李一看，马上以最快速度抓起正写着的计划书，迎上老板，说要请教几个问题。等小李从老板那里回来时，林小姐已挂上了电话，眼里仍流露着笑意。"出来两年了，真想回家看看。"这是小李第一次听她说工作外的话。

小李告诉她自己懂得千里外家人的声音意味着什么。

她沉默了一会儿。"我知道大家都恨我，"她说，"我和你不一样，你上过大学，到哪里都行，可我从一个打杂的小妹到今天这个位置，你是不知道有多难的。我也希望有一个朋友，但说什么我也不能失去工作。"说到最后她几乎是喃喃自语了。

在度假前，老板吩咐他们两人负责印制一批业务用纸，并限定了价格。老板走后，他们发现如果按这个价格印，纸的质量很差，不仅业务员们书写困难，就是客户也会有意见。林小姐知道老板的苛刻，坚持不能违背他的意愿，连着几天谈了一家又一家总也没成。眼看就要影响工作进度，小李便自作主张选定一家，单价比规定的高了三分钱，但质量合乎要求。

由于出差，那天小李下午才去公司，他一进办公室，就发觉不对劲，每个人都神情严肃地埋头做事，而林小姐却红了两个眼圈。原来老板检查了这批纸，很满意，可一问价格顿时大发雷霆，他不听任何解释，只问是谁决定的。林小姐说是她决定的，结果被老板大骂了一通。小李一听，转身要找老板说理去。

林小姐叫住了他："别去了，你若和他吵起来，大家都没有好日子过的。""可这不是你的错啊！"小李很是气愤。

"当时我也同意这么做，我是有责任的。"她黯然道，"反正没有炒我，骂了就骂了吧。"这时，大家纷纷围过来安慰她，一致痛骂老板的蛮横，林小姐感到心里很是安慰。

没过多久，小李还是和老板大吵了起来。临走，几乎所有人都过来互道珍重。在这种环境中，大家有了一种共患难的依恋之情，但林小姐却埋头于大堆文件中。因为老板最忌讳现职人员与离职人员接触。

可当小李走出大门时，林小姐匆匆追来，给小李一张卡片："××公司里有我的同乡，你可以去看看，虽然我们不是朋友，可是……多保重！"她笑得很腼腆，很孩子气。

心灵 寄语

冷漠可以拒人于千里之外，没有朋友的孤寂。在人的一生中无论遇到什么困难，都会有朋友帮你分担，所以要学会拒绝冷漠。

六点十分的爱

赵德斌

几年前，女孩儿在电话里说，要到深圳一家外企应聘，希望父母不要太为她操心。母亲很关心地问她的行程安排，无意中，她说中途会经过父母所在城市的那个小站。母亲很是激动，便追问了到达的时间，她说是在清晨的六点十分。

那个小站离父母的住处很远，大约有两个小时的车程。

那日，当女孩儿睁开眼的时候，列车已经停靠在那个小站。六点十分的凉气从车窗外扑了进来，小站显得很是冷清。女孩儿倚着窗口，看着这个小镇，隐约听见有人呼唤她的名字，探身窗外，在蒙蒙的曙光中，她看到了父母那弱小的身影。

母亲急急忙忙打开毛巾，把包着的一个瓷缸递给了女孩儿。揭开盖子，是热气腾腾的肉汤。火车仅仅能在这里停留十分钟，女孩儿的父母几乎不容她说什么，只是那样满足、幸福地催促她喝汤。"天凉，汤冷得快，快喝吧。""去了那里记着给家里来电话……"

列车缓缓地开动了，女孩儿的父母握着一个空瓷缸站在月台上向女孩挥手。女孩儿望着父母，喉头堵着，心里一阵酸楚。父母的身影渐远，最后消失在了渐

渐清晰的曙光里。女孩儿泪流满面。

她不知道父母是几点起的身，或者是他们根本一夜就没有合眼。

母亲有关节炎，当整个城市还在睡梦中的时候，他们却在又黑又冷的夜色里为了一瓷缸的汤就上路了。

其实女孩儿本来不是去深圳应聘的，她只是为了不辞而别的男友才决定去深圳。她被那段感情痛苦地纠缠着，她要去找他，为他们的爱情讨个结果。

列车抵达深圳时，女孩儿已经改变了主意。她不想再找回那段丢失的爱情了。她明白，如果真的有爱，他不会那样不负责任地一走了之。

女孩儿渐渐地冷静下来，她不再为那段失去的爱情难过。女孩儿想，也许我以前想错了，或许这样的失去并没有我想象的那么严重。

她平静下来，就开始努力地求职与工作。后来在一家外企有了不错的职位和爱情。

女孩儿时常给父母写信，她每次都会提到她来深圳时，那六点十分的汤。她说是那缸汤给她带来了力量，让她交上了好运。

心灵 寄语

父母的爱对我们极其深刻，无论何时何地都是难以忘怀的。

学会安慰自己

李华伟

年轻父亲推着一辆娃娃车在街上穿行，无论他怎么做，车里的小家伙都是大哭大闹，折腾个不停。这时父亲低声地、很温柔地说道："高峰，千万不要着急，千万不要生气，马上就会好的，听话，马上就好了。"

一个路过的女人看到了这一切，她很受感动，就上前说道："先生，您真的很了不起，孩子这么闹你都不生气，还能这么温柔地跟孩子说话，真是有爱心，会体贴孩子。"然后她俯下身去，对娃娃车里的小孩儿说，"高峰宝宝，乖，别哭了，你看你爸爸多好呀！"

年轻父亲说："不是啦，他叫顺顺，我才是高峰。"

生气是解决不了问题的，还是先安慰一下自己吧。也把自己当作一个孩子，像安慰别人那样安慰安慰自己的心，这可以让我们生活得更快乐些。

有一个普通的美国公民，他43岁那年患上了癌症。最初他怨恨、诅咒、孤独、绝望，甚至有过自杀的念头，但是没过多久，他便沉静了下来。他开始给自己寻找那份安慰，直到人生的厄运来临。他去看劳作的农夫，远方的落日，去听树林的音响，鸟儿的鸣叫……大自然的美好让他有了活下去的勇气。

在一次家庭聚会上，他对妻子和儿女说："我要尽可能地活下去，我从今天起接受化疗。我希望你们能帮助我，让我能有勇气面对现实。我知道，谁都不愿意死去，但也不要害怕死亡，因为我们在有生之年都可创造幸福美好的明天。"

他很快就振作起精神，并将自己的感触写成了文章："我曾经是那么无情地诅咒上帝，他为什么要把如此痛苦的事情强加于我。而现在，我再也不怨天尤人了。当我在静静的夜里听到一个孩子的哭声，或是发现周围人们的善意，或是把手放在胸前感受心脏的跳动时，我知道，我还在生活着。我知道自己有多么的幸运，我有一位对我体贴入微的好妻子，并且每天都会有很多美妙的事情在我们之间发生，我们就是这个美妙生活的一部分……"

之后，他又组织18名癌症患者成立了一个特殊的组织，并商定这18名癌症患者每月都要相聚一次，互相帮助摆脱心理上的阴影，更好地生活下去，并去赢得新的生命。他们共同寻求解决问题的方法，尽可能争取多活些时间。他们将这个组织命名为：让明天活得更有价值。

心灵 寄语

学会慰藉自己的心灵，让自己充满斗志。这样的人生才会充满意义。

感念老师

千　萍

　　有一天，不知从何处来的一只小鸟落在我书房外的窗台上，我正在写作，没有介意它的存在，于是它就渴求地望着我，几声啁啾，待我抬起头来，它却抖抖羽毛，扬长而去。一切都如一次神谕的暗示，都如羊皮书上留下的一行不可解读的文字。几天之后，一场雨过，当阳光透窗而入时，我看见书房外的窗台裂缝里，横卧着一支羽毛，从羽毛的下面，小心翼翼地长出了一棵嫩黄幼小的苗芽。

　　我把这棵苗芽移栽到了楼下的草地。后来，它竟长成了一棵小树。

　　我读小学五年级的时候，遇到了一位老师，他瘦小、干净，讲着略带方言的普通话，无论是板书，还是毛笔，再或钢笔的书写，都有魏体的风骨。是那种魏、柳相结合的风派。他不光字好，课也讲得甚好，在我那时的感受中，他的学问不仅在学校，在镇上，乃至全县都是屈指可数的。

　　每年过年的时候，村里许多的体面人家，都要请他书写对联。年前的几日几夜，他写对联能写得手腕酸痛。为写对联熬至三更五更，甚或通宵，并不是件稀奇的事，和农民在麦季里连夜在场上打麦一样。

从小学升至初中，他还是我的语文老师。课本上有篇文章，题目好像是《列宁祭》，作者千真万确是斯大林。是斯大林写给列宁的一篇祭文，很长，三大段，数千字，是我那时学过的课文中最长的文章。老师用三个课时讲完课文以后，让我们模仿课文写篇作文，我便种瓜得瓜地写了作文，很长，三大段，数千字，是我那时写过的作文中最长的一篇。

过完周末，新一节的语文课上，老师把批改后的作文分发下来，我的作文后面有这样一行醒目的红笔批语："你的思路开了，但长并不等于好文章。"然而，在之后不久的一次学校组织的全校优秀作文展示中，文好、字好的，都被语文老师推荐上去，挂在校园的墙壁上展出，就像旗帜在旗杆上招展飘扬一样——这其中有我那篇最长的作文。

后来，我的作文写得都很长，因为我"开了思路"。现在，我在努力把文章写短，因为我终于明白，"长并不等于好文章"。

前些时候，我回家乡电视台做有关我的人生与写作的电视节目，主持人突然播放片花，片花中有三个人在讲我的过去，讲我过去的学习、读书和劳作。他们分别是我的母亲、战友和我的老师。当我看见这位30年前教过我四年语文的张梦庚老师出现在电视屏幕上时，我猛然哭了，眼泪夺眶而出。

他已经老了，70多岁了，但依然瘦削、干净，讲略带方言的普通话。

而我，也已是人至中年。

从家乡做完节目回到北京，天气酷热，但我楼下的那片草地却还依然旺茂。草地中的那棵小榆树又长高了许多，在风中摇来摆去，正有几只小鸟在栖枝而歌。

心灵 寄语

学生就像是一株风雨中的小树，需要细心的呵护，而老师就是花园的园丁，他们修剪着我们的缺点，把我们扶正，让我们茁壮成长。

便当里的头发

韩 哲

在那个困难的年代里，很多同学往往连带个像样的便当到学校上课的能力都没有，我邻座的同学就是如此。他的饭菜永远是黑黑的豆豉，我的便当却经常装着火腿和荷包蛋，两者有着天渊之别。

而且这个同学每次都会先从便当里捡出头发之后，再若无其事地吃他的便当。这个令人浑身不舒服的事情一直持续着。

"可见他妈妈有多邋遢，竟然每天饭里都有头发。"同学们私底下议论着。为了顾及同学的自尊，我不能表现出来，但对这个同学的印象开始大打折扣。

有一天放学之后，那个同学叫住了我："如果没什么事就去我家玩吧。"

我虽然心中不太愿意，不过自从同班以来，他第一次开口邀请我到他家里玩，所以我不好意思拒绝他。我随他来到了位于首尔地形最陡峭的某个贫民村。

"妈，我带朋友来了。"

听到同学兴奋的声音之后，房门打开了，他年迈的母亲出现在门口。

"我儿子的朋友来啦，让我看看。"但是走出房门的同学母亲，只是用手摸着房门外的梁柱。

原来，她是一位盲人。

我感觉一阵鼻酸，一句话都说不出来。同学的便当虽然每天如常都是豆豉，却是眼睛看不到的母亲小心翼翼帮他装的，那不只是一顿午餐，更是母亲满满的爱心，甚至连掺杂在里面的头发，也一样是母亲的爱。

心灵 寄语

虽然家庭是贫困的，但母亲的爱却是丰盛的，它不因母亲的双目失明而有丝毫减少，也不因母亲生活在黑暗中而有丝毫褪色。便当里的头发见证着母爱的无微不至，因为母亲的心永远是孩子最美的家园，母亲的爱永远是孩子最可口的食粮。

母亲的语言

葛 富

今年中秋，朋友聚会。语言学教授老张给我们讲了一个故事，故事的主人公是位普通的母亲。母亲是家长，自然就会有家长会。

母亲第一次参加家长会，儿子还在幼儿园。幼儿园阿姨告诉她："你的孩子有时连自己的名字都记不清，一般小朋友能做好的事，他都做不了，你最好带他去医院查一查。"

母亲强抑着满腔的心酸，告别了老师。到了家，面对孩子无邪的笑脸，她告诉儿子："今天老师表扬你了，说宝宝与别的小朋友就是不一样，全班只有宝宝最特别了。"那天晚上，儿子兴奋得睡不着觉。

母亲第二次参加家长会，儿子读小学三年级。班主任说："这次考试，你儿子语文全班倒数第三，数学全班倒数第一，也不爱和其他同学交朋友，你最好带他看看心理医生。"

走出教室，母亲流泪了。回到家中，母亲平静地告诉儿子："老师说，你的语文成绩比数学好，而且善于独立思考，再努力一下，进步一定比其他同学快。"儿子暗淡的眼神顿时灿烂起来，原本沮丧的脸马上充满了阳光。

母亲第三次参加家长会，儿子上初中二年级。她忐忑不安地坐在儿子的座位上，心里害怕听到老师告诉她一些令她在众多母亲面前羞愧的话。谁知老师告诉她："你

孩子吧，一般。"

母亲心中顿时燃起星星之火。一回家，未等儿子发问，她便告诉儿子："老师对你各方面都没意见，他们说，只要你再上上心，很有希望考上重点高中。"

母亲的第四次家长会，儿子已经是高中三年级的学生了，这次母亲没能到家长会现场。

老师来到母亲的病床边，轻声告诉她："你的孩子已经是我们学校的尖子生了，我们都相信他能考上重点大学。"母亲双眼泪湿。儿子回来后，母亲在纸上写道："老师已经来过，你努力不够，离上大学还有距离。"儿子暗地里握紧了拳头。

五个月后，儿子将一所重点大学的录取通知书放在了母亲的遗像前。望着母亲面如止水的表情，儿子的泪水一滴一滴地掉落下来。

后来我们才知道，这个男孩儿天生双耳失聪。

心灵 寄语

如果困境是一所好大学，那么母亲则是孩子最好的导师。每一个幼小的、脆弱的生命，都会在母爱的呵护、牵引下坚强起来，羽翼渐渐丰满、成熟，最终离巢高飞。然而，不管子女离开多远，母亲牵系的目光都不会断线。母爱无声，与世长存。

生命的养料

明飞虎

一个小男孩儿认为自己是世界上最不幸的孩子，因为他患了脊髓灰质炎，留下了瘸腿和参差不齐且突出的牙齿。平时，他很少与同学们一起游戏和玩耍，老师叫他回答问题的时候，他也总是低着头一言不发。

在一个平常的春天，小男孩儿的父亲从邻居家讨来了些树苗，他想把它们栽在房前。他叫他的孩子们每人栽一棵。父亲对孩子们说，谁栽的树苗长得最好，就给谁买一件他最喜欢的礼物。但小男孩儿看到兄妹们蹦蹦跳跳提水浇树的身影，不知怎么地萌生出一种阴冷的想法：希望自己栽的那棵树早点儿死去。因而在浇过一次水后，他再也没有去打理它。

几天后，小男孩儿再去看他种的那棵树，惊奇地发现它不仅没有枯萎，反而显得更嫩绿、更有生气了。

父亲兑现了自己的诺言，为小男孩儿买了一件他最喜欢的礼物，并且对他说，从他栽的树来看，他长大以后一定能够成为一名十分出色的植物学家。

从那以后，小男孩儿慢慢变得乐观向上起来。

一天晚上，小男孩儿躺在床上睡不着，看着窗外那明亮皎洁的月光，忽然想起生物老师曾说过的话：植物一般都在晚上生长。何不去看看自己种的那棵小树？当他轻手轻脚来到院子里时，却看见父亲用勺子在给自己栽种的那棵小树施肥！他返回房间，任凭泪水肆意地流淌……

几十年过去了，那个瘸腿的小男孩儿尽管没有成为一名植物学家，但他却成为了美国总统，他的名字叫富兰克林·罗斯福。

心灵 寄语

小男孩儿因为肢体缺陷而缺乏自信，更确切地说他甚至是被自卑的阴影笼罩着，是父亲用爱精心浇灌，才使他一步一步走出阴影，走向成功。父亲的爱伴随我们成长，父亲的爱我们无以为报。从现在开始，就让我们对父亲多一点儿关心，多一些孝心吧。

老海棠树

史铁生

如果可能，如果有一块空地，不论窗前屋后，要是能随我的心愿种点什么，我就种两棵树。一棵合欢，纪念母亲。一棵海棠，纪念我的奶奶。

奶奶和一棵老海棠树，在我的记忆里不能分开，好像她们从来就在一起，奶奶一生一世都在那棵老海棠树的影子里张望。

老海棠树近房高的地方，有两条粗壮的枝丫，弯曲如一把躺椅，小时候我常爬上去，一天一天地就在那儿玩。奶奶在树下喊："下来，下来吧，你就这么一天到晚待在上头不下来了？"是的，我在那儿看小人书，用弹弓向四处射击，甚至在那儿写作业，书包挂在房檐上。"饭也在上头吃吗？"对，在上头吃。奶奶把盛好的饭菜举过头顶，我两腿攀紧枝丫，一个海底捞月把碗筷接上来。"觉呢，也在上头睡？"没错。四周是花香，是蜂鸣，春风拂面，是沾衣不染海棠的花雨。奶奶站在地上，站在屋前老海棠树下，望着我。她必是羡慕，猜我在上头是什么感觉，都能看见什么？

但她只是望着我吗？她常独自呆愣，目光渐渐迷茫，渐渐空荒，透过老海棠树浓密的枝叶，不知所望。

春天，老海棠树摇动满树繁花，摇落一地雪似的花瓣。我记得奶奶坐在树下糊纸袋，不时地冲我唠叨："就不说下来帮帮我？你那小手儿糊得多快！"我在树上东一句西一句地唱歌。奶奶又说："我求过你吗？这回活儿紧！"我说："我爸我妈根本就不想让您糊那破玩意儿，是您自己非要这么累！"奶奶于是不再吭声，直起腰，喘口气，这当儿就又呆呆地张望——从粉白的花间，一直到无限的天空。

或者夏天，老海棠树枝繁叶茂，奶奶坐在树下的浓荫里，又不知从哪儿找来了补花的活儿，戴着老花镜，埋头于床单或被罩，一针一线地缝。天色暗下来时她冲我喊："就不能劳驾你去洗洗菜？没见我忙不过来吗？"我跳下树，洗菜，胡乱一洗了事。奶奶生气了："你们上班上学，就是这么糊弄？"奶奶把手里的活儿推开，一边重新洗菜一边说："我就一辈子得给你们做饭？就不能有我自己的工作？"这回是我不再吭声。奶奶洗好菜，重新捡起针线，从老花镜上沿抬起目光，又会有一阵子愣愣地张望。

有年秋天，老海棠树照旧果实累累，落叶纷纷。早晨，天还昏暗，奶奶就起来去扫院子，"刷拉——刷拉——"院子里的人都还在梦中。那时我大些了，正在插队，从陕北回来看她。那时奶奶一个人在北京，爸和妈都去了干校。那时奶奶已经腰弯背驼。"刷拉——刷拉——"的声音把我惊醒，赶紧跑出去："您歇着吧，我来，保证用不了三分钟。"可这回奶奶不要我帮。"咳，你呀！你还不懂吗？我得劳动。"我说："可谁能看得见？"奶奶说："不能那样，人家看不看得见是人家的事，我得自觉。"她扫完了院子又去扫街。"我跟您一块儿扫行不？""不行。"

这样我才明白，曾经她为什么执意要糊纸袋，要补花，不让自己闲着。有爸和妈养活她，她不是为挣钱，她为的是劳动。她的成分随了爷爷算地主。虽然我那个地主爷爷三十几岁就一命归天，是奶奶自己带着三个儿子苦熬过几十年，但人家说什么？人家说："可你还是吃了那么多年的剥削饭！"这话让她无地自容，这话让她独自愁叹，这话让她几十年的苦熬忽然间变成屈辱。她要补偿这罪孽，她要用行动证明。证明什么呢？她想着她未必不能有一天自食其力。奶奶的心思我有点儿懂了：什么时候她才能像爸和妈那样，有一份名正言顺的工作呢？大概这就是她的张望吧，就是那老海棠树下屡屡的迷茫与空荒。不过，这张望或许还要更远大些——她说过：得跟上时代。

所以冬天，所有的冬天，在我的记忆里，几乎每一个冬天的晚上，奶奶都在灯下学习。窗外，风中，老海棠树枯干的枝条敲打着屋檐，摩擦着窗棂。奶奶曾经读一本《扫盲识字课本》，再后来是一字一句地念报纸上的头版新闻。在《奶奶的星星》里我写过：她学《国歌》一课时，把"吼声"念成"孔声"。我写过我最不能原谅自己的一件事：奶奶举着一张报纸，小心地凑到我跟前："这一段，你给我说说，到底什么意思？"我看也不看地就回答："您学那玩意儿有用吗？您以为把那些东西看懂，您就真能摘掉什么帽子？"奶奶立刻不语，唯低头盯着那张报纸，半天半天目光都不移动。我的心一下子收紧，但已无法弥补。"奶奶。""奶奶！""奶奶——"我记得她终于抬起头时，眼里竟全是惭愧，毫无对我的责备。

但在我的印象里，奶奶的目光慢慢地离开那张报纸，离开灯光，离开我，在窗上老海棠树的影子那儿停留一下，继续离开，离开一切声响甚至一切有形，飘进黑夜，飘过星光，飘向无可慰藉的迷茫与空荒……而在我的梦里，我的祈祷中，老海棠树也便随之轰然飘去，跟随着奶奶，陪伴着她，围拢着她；奶奶坐在满树的繁花中，满地的浓荫里，张望复张望，或不断地要我给她说说："这一段到底是什么意思？"——这形象，逐年地定格成我的思念，和我永生的痛悔。

心灵 寄语

人要为自己的信念而活着，信念帮助我们前进。

一句话，他记了一辈子

韩浩月

秋夜冷冰冰的夜晚，一个小男孩儿走在漆黑的乡间道路上。旁边，是打着手电筒，送他回家的姥姥。

他在这个晚上正式成为孤儿——在姥姥的一手包办下，他的妈妈决定改嫁别人，并且，咬牙抛弃了他。姥姥把他送到他奶奶家去。

那年，他大概有6岁，或7岁。

在一棵大柳树下，他们停下了脚步。

"你是个没出息的孩子！"姥姥停下脚步，用手电筒照了照他的脸，仿佛是验证自己的说法。

他没有吭声。

姥姥重新挪动脚步，他们一前一后地走着。

没隔几秒钟，姥姥又叹着气说："看你那迷糊样！你妈要是守着你，算是倒一辈子霉了……"

作为一个孩子，他还不了解"出息"这个词的含义。懵懵懂懂中，只觉得这是个贬义词。

"我会有出息的！"他茫然地、喃喃地说。

"那是什么时候？"

是呀，那是什么时候呢？人生的道路就像眼前铺开的黑暗一样，渺茫，漫长，看不到一丝希望。

"很快吧……"说完这句话，屈辱的眼泪一滴滴地滴到他的脸颊上。

"你是个没出息的孩子！"那句话在他耳边雷鸣般一遍遍重复着，每闪现一次，他的心就仿佛被撕裂一次。

那句话像火红的烙铁一样，在他的心上烙下了一道久久难以愈合的伤口，他为这句话而自卑、疯狂、偏执，又时时用这句话在自己的灵魂和肉体麻木的时候来刺痛自己。这句话，他记了一辈子。他发誓有一天，等到自己有了"出息"，一定要站在姥姥面前，抓一大把钱，狠狠地扔在她的脸上，然后大声说："我恨你！！"——这是他能想到的最恶毒的报复了。

为了这句话，别人付出汗水就可以得到的，他付出了两倍的血水！

直到他有了自己的事业，有了自己的车子和房子，有了银行里一辈子也用不完的存款……但夜里依旧会经常惊恐地醒来，仿佛看见黑暗中有无数无形的手指指着他："你没出息！你没出息！"——他想，他可能一辈子都不会原谅他的姥姥。

他曾发誓永远不会再去见姥姥，那个一生中给他最大伤害的人。但在姥姥就要过世的时候，他还是携着娇妻爱子，衣锦还乡了。那双曾经把他推向命运的地狱的手，现在，又一次拉起了他的手——姥姥已经老了，她的眼里充满悔恨的泪水。浑浊的眼泪，无声地滴在他的手上。有什么仇恨值得记一辈子？没有。但有一句话就可以让你记住一辈子，那句话冰冷、尖刻、犀利，如针锥一样扎在你的灵魂里，让你难堪、痛苦，甚至

是你一生都走不出的阴影。但可能也就是这句话，成为你人生最大的动力——做得最好，给那个最看不起你的人看！

他没有抽出那只被握着的手，而是用手紧紧地抓住了那只手，他轻轻地说："谢谢你，姥姥……"

他觉得，他承受那么多的痛苦，走过那么长的道路，只为了这一天，能亲口对姥姥说这句话。

心灵 寄语

没有永远的仇恨，心怀感激地去想一下，其实你应该感谢你所怨恨的人，是他们给了你人生中最大的动力。

让生命增值

生命的价值在于它的鲜活，我们不能单纯地去物化生命的价值。当生命在我们的心中无限地增值，幸福也会向我们靠近。

母爱如粥

胡双庆

　　有这样一位母亲，她儿子因车祸变成了植物人。她坚持每天给儿子讲一些儿子小时候的故事：七岁时光着屁股在小河里游泳，被虾刺伤了屁股；八岁时赤着脚丫蹿到树上吃桑葚，让毛毛虫咬得浑身疙瘩……林林总总，儿子都已经忘却了的事情，她总是记忆犹新，如数家珍。另外，她每天总是会利用一大部分时间来给儿子熬粥。拣那种最长最大、颗粒饱满、质地晶莹、略带些翠青色的米粒，一颗一颗精心挑选。熬一罐粥，通常要花费两个半小时。她小心翼翼地把粥倒进一只花瓷碗里，一边摆着头，一边对着粥吹气，吹到自己呼吸困难，粥就凉了。她微笑着用汤匙喂给儿子吃，可是儿子闭着眼睛，漠然地拒绝了她，她并不生气，微笑如昔。

　　第二天，继续拣米——熬粥——吹冷，并且微笑着接受儿子的拒绝。

　　日复一日，年复一年。她的手指已经变得粗糙而迟钝，她摇晃着的头已经白发丛生，她的气力也大不如从前，往往是粥冷到一半时便已经上气不接下气，必须借助蒲扇来完成下一半的降温。可是她依然很小心地做好每个细节，精致而虔诚。可是这一切，儿子并没领情，依然以冷漠拒绝着她。她一直微笑着，始终没有落下一滴眼泪。

这种热情与冷漠的对峙，持续了八年零七十三天，在第八年零七十四天时，她正和儿子讲着他小时候的故事，儿子突然睁开眼睛，不太清晰地说了声："妈妈，我要喝粥。"她顿时泪如雨下——这是自从那次车祸，医生宣布他脑死亡之后，开口说的第一句话。医生曾对她说过，像他这种情况，只有十万分之一的机会。

儿子那天喝到了久违了的母亲熬的粥，粥并不像他以前喝到的那么美味，由于火候没有控制好，粥有微微的糊味，而且还有咸咸的眼泪的味道。可想而知，母亲是多么不平静。

故事到这里并没有结束。三个月之后，就在儿子完全可以生活自理之时，母亲突然撒手人寰。临走时，握着儿子的手，笑容安详而从容。儿子在清理遗物的时候，发现了一本母亲的病历，其实早在七年多以前，在儿子昏睡一年之后，不幸又一次降临了这个家庭——母亲被确诊为肝癌晚期。

是什么信念可以支撑一位肝癌晚期的女人与病魔对抗了七年，医生说这是个奇迹。儿子却知道，创造这些奇迹的正是——那可怜而尊贵、平凡却伟大的母爱。

心灵寄语

母爱支持着人们的信念，无数个生命的奇迹由此诞生。感动天地的母子亲情是我们对抗困难时无限的动力。

深沉的父爱

邓云涛

那是20世纪70年代末的事情了。当时我和哥哥还小，都是鼻涕虫，没有上学的我们整天只知道到处疯玩。家里的经济条件很差，这便让年幼的我们注定要与饥饿为伴。我和哥哥对于顿顿窝窝头和地瓜干充满了刻骨的仇恨。我们每天做的事情，就是看能不能搞到一点儿属于一日三餐之外的美食，而父亲的包子则是我们最望眼欲穿的期待和最爽口的"零食"。

父亲是一名石匠，在离家三十多里路的大山上开山采石。每天清晨，父亲骑着家里唯一的一辆破自行车出发，晚上再骑着它回来。早上天还没亮的时候，母亲都要从她视为宝贝的面粉袋里摸索出一点面粉，点着油灯为父亲做两个包子。管这叫"包子"，实在有辱"包子"的形象——灰灰的面团里没有一丝肉末，只有两滴猪油和少许白菜帮子而已。

那两个包子就是父亲的午饭。父亲早上不吃饭，中午就靠那两个包子充饥，晚上回家吃饭。他身体不好，经常咳嗽得厉害，每天的工作就是把五十多斤重的大锤挥动几千下。这样两个名不副实的"包子"，能否提供给父亲继续挥动大锤的能量尚不可知，可是，父亲却把它们省了下来，带回来给了我和哥哥。

　　为了顺利拿到这两个包子而不至于被母亲发现后责备，我和哥哥每天总是按时地跑到村口去"迎接"父亲，每当破自行车"叮叮当当"地载着父亲熟悉的身影出现时，我们就会高声欢呼着冲上前去。这时，父亲就会微笑着从他的挎包里掏出本是他的午饭的两个包子，我和哥哥一人一个。

　　包子的味道虽然并不可口，但仍然可以让嘴馋的我和哥哥得到很大的满足，我们一个劲儿地狼吞虎咽。这时父亲总是站在一旁慈祥地看着我们。

　　这样的生活持续了两年，这件事成为我们和父亲之间心照不宣的秘密。母亲每天仍然天不亮就点着油灯做两个包子——那实际上已经成了我和哥哥的零食的包子。

　　后来，家里终于可以顿顿吃上白面了，我和哥哥也逐渐对父亲的两个包子失去了兴趣，这时包子才又重新属于父亲。那时我和哥哥已经上小学了。

　　后来我和哥哥都考上了大学，都在大城市里谋得一份体面的工作。但儿时的这段记忆，就像是躲在墙角的蛐蛐，小声而固执地呜咽着。多年来，我一直觉得对不住父亲。

　　终于，今年过年回家的时候，我与父亲谈及此事，父亲却给我讲述了他的另一种心酸。父亲说，其实他在工地上也是吃饭的，不过只是买个硬窝窝头而已。记得有那么一天，他为了多干点儿活儿而错过了吃饭的时间，当时已经买不到窝窝头了，父亲饿极了，就吃掉了本来就属于他的两个包子，后来当他走到村口的时候，我和哥哥照例去"迎接"他，听到我们高喊着"爹回来了，爹回来了"的一刹那，他搓着自己的双手非常内疚，因为自己无法满足儿子们小小的愿望。

　　父亲哽咽着对我说："我为什么要吃掉那两个包子呢？其实我是可以坚持到回家的。我记得那时你们很失望，当时，我差点儿就落泪了。"

　　父亲说，为这事，他内疚了二十多年，觉得自己没有尽到做父亲的责任，让幼时的我们受了太多的苦。

　　其实这件事我早已忘记了。或许我当时的确很失望，但世上哪有一个小孩儿会因为一次没有满足口腹之欲，而久久地怨恨自己的父亲呢？现在想起来，我只记得自己年幼的无知。其实我们并不真的需要那两个包子。然而我们的父亲，他

为了那仅有的一次未能满足自己的儿子们，却足足内疚了二十多年。

那一次我流泪了，是的，在如山的父爱面前。

心灵 寄语

父亲的爱如同清水般清澈，无私的爱使得孩子们获得了更加温暖的童年。长年小小的积累会让孩子们铭记于心。

心中的那一片春光

华 军

　　高中毕业那年，我接到了大学录取通知书，当我抑制不住心中的喜悦，狂奔到家的时候，却见到父亲用板车拉着心脏病复发的母亲，蹒跚着走了出来。我一下子傻了，赶紧和父亲一起去了医院，之后便是父亲为了母亲的住院费，变卖了家里几乎所有可以卖掉的东西，本已是捉襟见肘的家里更是雪上加霜了。那些日子里，我没敢将我的那张录取通知书给父亲看，望着他脸上日渐加深的皱纹，说实话，我的心情矛盾极了，但最终我还是痛苦地作出决定。在一个没有风的傍晚，在那棵陪我一起长大的香椿树下，含泪将那张录取通知书撕掉了……

　　我和表哥一起去县里一家私人办的木器加工厂当了临时工。那一年，我只有十九岁。

　　半年之后，父亲承包了村里的一块河滩地，他带着我去捡石头、拉土，用我们的双手和汗水建起了一个小养猪场，也是从那时起，我成了我们村里年纪最小的"猪倌"。每天，割柴、铡草、拌料、喂猪、铲粪、冲圈，不但皮肤晒得黝黑，手上磨出了老茧，身上也整天和猪一个味儿。这些倒还可以忍受，最令我无法面对的是村里人的讥讽嘲笑。那一次，我提着一桶猪泔水从家里出来，邻家的二婶老远就捂上了鼻子，待我走过她身旁的时候，听到她对人说道："他老娘还说让我给他介绍对象呢，瞧他身上这味儿，谁家姑娘嫁给他准倒霉！"听了这话，我真想将泔水都泼在她脸上，但最终我还是忍住了。一回到猪场，我就扑进自己的小屋，那一天，已长大成人的我，竟抱着枕头，孩子一般委屈地哭了……

天色渐渐暗了下来，圈里的猪嗷嗷叫了起来，父亲在外面叫我，但我赌气没有搭理。后来，父亲进来了，我依然趴在床上没动，他便没有再说什么，出去了。

夜渐渐地静了下来，外面响起了悠扬的笛声，在淡淡的月光下，我抬头望过去。竟是父亲……

"爸，你吹得真好听，以前我咋没见你吹过哩？"

父亲见我终于走了出来，脸上有了一抹微笑，他用衣角轻轻拭了拭那笛子，而后，拿出烟荷包，卷上了一根烟点上，他望着我，好久才幽幽地说道："这还是你爷爷在世时学的呢！那时候，咱家也不富裕，我小学都没念完。后来，也是在你这个年纪的时候，县里的剧团到咱村演出，那团长就住咱家里，我给他吹了一回，他很高兴，当时就和你爷爷说，要带我去县里。你爷爷也答应了，但我想了一个晚上，还是没有跟他走！"

"那是为啥呀！"

父亲深深地吸了一口烟，徐徐说道："那时，你奶奶身体也不好，咱家就我一个好劳力，上县剧团虽说有工资，但一个月也才几块钱，而我在村里的副业队筛沙子，一个月的工分顶十几块钱呢！就为这，我没有去，后来，你爷爷骂了我一通，还赌气把我的笛子给砸了，从那以后，我就再也没动过！"

"那你今天咋又……"

"也没咋，这些年我觉得苦的时候，就在心里吹上这么一段，再苦，也就能熬过去了……"

"爸，你吹的是啥曲子哩？"

"《春光》，我自己给取的名字！"说到这儿，他捻灭手中的烟头，又一次把笛子放在了唇上……

那一夜，皎洁的月光糅在悠远的笛声里，花瓣一样洒在父亲的身上，洒在他布满皱纹的脸上，也洒在了我那一年的心上……

从那一夜以后，我似有所悟，开始塌下心来做我的小猪倌，并在劳动之余，重新拿起了书本，因为我知道，我的心中已经有了一片和父亲的笛声一样深沉而又满载希望的春光……

那一年的八月，我写的几篇散文和诗歌先后在市里的一些报刊杂志发表了，而且，还有一篇获了奖。那一天，我专门去县里用我得的稿费为父亲买了两瓶好酒，父亲在那一晚，望着我却什么也没说，他微笑着，那眼里竟有两颗晶莹的泪……

第二天一早，我起来喂猪，父亲却叫住我。"孩子，不用喂了，咱今儿去县里把前几天卖猪的钱取了，到乡中学复习班报个名，要不过几天就开学了……"

说实话，听了父亲的话，那一刻，我真是又惊又喜……

一年之后，我再一次顺利地考上了大学，而父亲一直在养猪。那些年，他明显地瘦了，老了，但每一次我回到家，他都很快乐。这样的日子，一直持续到他去世的时候。在整理父亲遗物时，我意外地发现了当年被我撕掉的那张财经学院的录取通知书，它已被父亲粘贴好，平平整整地放在他的那个小檀木匣子里。捧着那张已经泛黄的录取通知书，我的泪水就止不住地流了下来……

到如今，我依然保存着这张录取通知书和父亲的笛子，每当见到它们，便会想起父亲的微笑，想起父亲为我吹笛子的那个月夜。是的，一个人遭遇坎坷，就像一棵在墙角里生长的小树，只要心中有了一片春光，它就能够成长，就能够去面对凄风冷雨的洗礼。我想，我的人生就是这样的，而且，我的人生也是从父亲为我吹响一曲《春光》的那个月夜才真正开始的……

心灵寄语

心中的春光照耀我们枯涸的心灵，滋润着我们。使我们的内心更加坚强，勇敢地去面对凄风冷雨的洗礼。

人生需要真挚的友情

雨 蝶

苏格兰名作家及笑星劳得常打趣观众说："你们比肩并坐了两小时，没有一个和邻座的人谈话！"观众觉得他这句话真逗人。于是，很少有人不转头和邻座交谈。

就是这么简单容易。一句话，一个微笑，邻座的人就可能成为自己的朋友。在我们的一生中，时常会因为太自高自大，或者太自惭形秽而得不到好的友情。

有一次，大风雪后，积雪满街，交通断绝。我们公寓大楼中的煤用完了，食品杂货店的人没送货来，没有自来水，电梯也因故障而不动。从来没有交谈过的邻居们相互敲门，愿意接济食物、牛奶、唱片，等等。有户人家举行舞会，使我们大家兴致热烈起来。参加舞会的人从11岁到75岁的都有。我们这才发现，大楼的管理员会弹钢琴。

当时我想：如果平时能有这种友好互助的精神，那幢大楼中每天的日常生活会多么生色！

你当然在旅行时可以冷然拒人于千里之外，但是，那种态度也会使你不能享受众人之乐。你如果看不到世人的内心，你就看不到世界。打开袜盒让顾客挑选的女店员、街头值勤的警察、公共汽车司机、电梯司机、擦鞋童，他们都是有个性的人，每个人都有一个丰富的内心世界。我们大多数人总是陷入刻板的生活，每天见同样那几个人，和他们谈同样的事。其实，和陌生人谈话，特别是和不同行业的人谈话，更能给你提供新的经验和感受。乡野的农人，偏僻地点加油站的工人，抱着孩子的极为得意的女人，全能使我衷心愉悦，觉得世界上充满了生机。

我们许多人自觉没有什么可以给人，但是我们至少可以接受别人的盛情。如果我们不是熟视无睹，而是仔细看人，我们很可能从他的眼光中看到他心有疑难。我如果看见车站上有一个女人在流泪，一个孩子眼露痛苦之色，或是一个外国人身在异乡、手足无措，而不上去询问协助，我就不能原谅自己。

我认识的一位妇人乘火车西行，在中途一个荒野小镇停车时下车散步。这时东行的火车也到站，两列车有很多的乘客在车站上悠闲踱步。她看到个面带笑容的男子，两人便谈起话来，一同散步，火车鸣笛催促乘客上车时，那男子说："我们也许从此不会再见面了。"他们握手道别，却登上了同一列火车！

其后许多年，他们互相通信，直到离世。两人所求者都不是恋爱，而是珍贵的友情。

问问你自己：你的知己中，有几个是经过正式介绍而认识的？我记得我在一处海滩上认识的鲍尔德，就是他从水中走上来，我正要走下水去时认识的。我在纽约一家餐馆中遇到艾伯特，是他正在看一本我当时极为欣赏的书时认识的。我在大峡谷遇到戈登，他初睹奇景，急欲找人一谈，就在他对我一吐为快时，我们相识了。

亿万人的情绪感觉各有不同：有的孤独，有的抱着希望，有的烦忧沉郁。在人生的长途中，这种心情和感觉均需要伙伴，需要友情。本来是

陌生人，有一个人伸出手来，就成了朋友。

心灵 寄语

　　人生离不开朋友，但要得到真正的朋友才是不容易；朋友之间的情感总需要忠诚去播种，用热情去灌溉，用原则去培养，用谅解去护理。

拯 救

晓 雪

　　王皓是毛纺厂的一名普通工人，他的儿子不幸患上了白血病。这对王皓一家来说无疑是沉重的打击，王皓夫妻俩都是普通工人，每个月的工资只够基本的生活支出，儿子这一病，让他们的生活变得更加拮据。孩子刚查出患有白血病的时候，王皓的心里特别着急，就请单位的领导帮忙，给孩子找个好医院，经过单位领导的帮助，王皓的儿子顺利地住进了一家大医院。

　　王皓儿子得病的事很快便在厂子里传开了，好多同事都自发为他家捐款。一个工友对王皓说："大家的工资都不多，但却是一份心意，我这五百块钱你拿着，给孩子买些吃的，往后的日子一定会好起来的，祝你的儿子平安。"五百块钱虽然不多，但却是纺织工人半个月的工资，它代表的是工友之间的情谊。王皓感动得紧紧握住工友的手，对他说："谢谢，我会记住这份恩情，我会把你的祝福告诉孩子，告诉他有许多好心人在关心他，让他一定要坚强。"后来，厂里的领导还组织过多次募捐活动，为了王皓的儿子，工友们纷纷慷慨解囊，希望能够帮助王皓一家渡过难关。

　　但是王皓孩子的病情逐渐恶化，厂里的领导决定让王皓回家照顾孩子，薪水

还是按月发给他，但工皓坚决要守在工作岗位上，他很感激领导的照顾，他用自己的努力工作报答领导的信任，报答同事们的爱心。

由于王皓的工作态度好，被领导提拔为办公室的副主任，他的工作更加繁忙了。在那段忙碌的日子里，他每天都要完成大量的调研工作，还要开会讨论厂里的规章制度，反复地研究、修改条款。后来，由于王皓长期拼命地工作，再加上回家后还要照顾生病的孩子，他在工作中晕倒了，摔在地上，头部鲜血直流，被同事发现时，他已经流了好多血。被送到医院之后，情况十分危急，需要马上输血，而那家医院的血库告急，无法给王皓输血。

在这危急关头，厂里的领导们赶来了，询问了医生之后，马上组织全厂和王皓血型一致的同事赶来献血，挽救了王皓的生命。王皓醒来之后，握住单位领导的手，激动地说："谢谢你们，你们已经救了我家两次了，太感谢你们了！"

心灵 寄语

感恩是一种生活态度，是一种品德，是一片肺腑之言。如果人与人之间缺乏感恩之心，必然会导致人际关系的冷淡，所以，每个人都应该学会感恩。

为了他人的信任

李华伟

几年前，我曾经在加拿大渥太华的卡尔顿大学做访问学者，有一年夏天，我到纽约去旅游。那天，我特意去参观了仰慕已久的大都会博物馆。门口售票处的牌子上明码标价：成人票价——16美元；学生票价——8美元。尽管我很清楚，美国人指的学生，不仅仅是在美国学习的学生，也指来自世界上任何一个国家的学生，但我实在不确定自己算不算学生。访问学者平时也与研究生一起听课。可说是学生，但没有像学生一样交学费，也没有学生证，我有心省下8美元，可又怕售票员要我出示学生证。万一弄得让人家怀疑咱撒谎，岂不是丢了"人格"。

踌躇良久，我想了个两全之策。我递给售票小姐16美元，同时对她说："我是来自加拿大的学生，如果……"我的下半句话是"如果访问学者也算是学生的话"。

可她还没等我把话说完，就面带微笑地问："几个人？"

"一个。"我回答说。

她很快递给我一个做通行证用的徽标和找回的8美元，并微笑着说："祝你在这里度过愉快的一天。"全然没有顾及我一脑门子的"思想斗争"。

的确，那天我的心情一直很愉快，但并不仅仅是因为欣赏了大都会博物馆精美的艺术品和省下了8美元。

有了这次愉快的经历后，我心里就时时想着珍惜它。就像一旦得到别人的尊重，就会加倍自重自爱一样。

6年之后，我带妻子和女儿再次参观纽约大都会博物馆。门票价格依然如故，但身份已不再是当年的访问学者，而是挣工资的驻美记者。虽然我和妻子从外表来看要充当学生仍绰绰有余，但出于对"信任"的珍惜，也为了自重自爱，我毫不犹豫地买了两个成人和一个儿童的门票。尽管多花了16美元，但心情与上次一样愉快，因为我没有辜负别人的信任。

心灵 寄语

他人给予你的信任是要你用自己的行动去捍卫的，毁掉了这份信任，那么你将失去更多。

荒漠里的泪滴

江南雨

为给自己的孩子争一口水，憨厚的老牛一反常态。

这是一个真实的故事。故事发生在西部的青海省，一个极度缺水的沙漠地区。

这里，每人每天的用水量严格地限定为三斤，这还得靠驻军从很远的地方运来。日常的饮用、洗漱、洗衣，包括喂牲口，全部依赖这三斤珍贵的水。

人缺水不行，牲畜也一样，渴啊！终于有一天，一头一直被人们认为憨厚、忠实的老牛渴极了，挣脱了缰绳，强行闯入沙漠里唯一的也是运水车必经的公路。

终于，运水的军车来了。老牛以不可思议的识别力，迅速地冲上公路，军车一个紧急刹车停住。老牛沉默地立在车前，任凭驾驶员呵斥驱赶，不肯挪动半步。五分钟过去了，双方依然僵持着。运水的战士以前也碰到过牲口拦路索水的情形，但它们都不像这头牛这般倔强。

人和牛就这样耗着，最后造成了堵车，后面的司机开始骂骂咧咧，性急的甚至试图点火驱赶，可老牛不为所动。

后来，牛的主人寻来了，恼羞成怒的主人扬起长鞭狠狠地抽打在牛瘦骨嶙峋的背上。牛被打得哀哀叫唤，但还是不肯让开。鲜血沁了出来，染红了鞭子，老牛的凄厉哞叫，和着沙漠中阴冷的风，显得分外悲壮。一旁的运水战士哭了，骂骂咧咧的司机也哭了。

最后，运水的战士说："就让我违反一次规定吧，我愿意接受一次处分。"他从水车上倒出半盆水——正好三斤，放在了牛的面前。

出人意料的是，老牛并没有喝以死抗争得来的水，而是对着夕阳仰天长哞，似乎在呼唤什么。不远处的沙堆背后跑来一头小牛，受伤的老牛慈爱地看着小牛贪婪地喝完水，伸出舌头舔舔小牛的眼睛，小牛也舔舔老牛的眼睛，静默中，人们看到了母子眼中的泪水。没等主人吆喝，在一片寂静无语中，它们掉转头，慢慢往回走。

20世纪末的一个晚上，当我从电视里看到这让人揪心的一幕时，我想起了幼时家里贫穷困窘的境况，想起了我那至今仍在乡下劳作的勤苦的母亲，我和电视机前的许多观众一样，流下了滚滚热泪。

心灵 寄语

老牛为了小牛竟以死抗争，这是怎样的凄厉和悲壮？什么才是真正的"舐犊情深"？从老牛的泪水中，我们或许可以得到一些启示。世间的母爱都是一样的，母亲瘦弱的双肩承载了太多的艰辛、劳累、苦难和屈辱，她们用汗水和眼泪，为我们撑起了一片爱的朗朗晴空。

最需要的爱

王新龙

那是高三的一次期末考试，那天考的好像是历史。时间过半的时候，我照例到考生中间转了转。转到墙角的时候，我发现一个学生的字写得特别大，而且乱，就俯下身子小声对他说："把字写小点儿。一来容易写整齐了，二来在有限的空间内会让你答的内容更翔实，更丰富，不容易丢分。""另外，"我又补充了一句，"这样，到高考的时候，你就会考上一所更好的院校。"说完后，我就回到了讲台上。然而，我发现这之后，刚才被我说过的学生很长时间没有答题，只是低着头不断地摆弄着手里的那支笔。

那场考试很快就过去了，那个学生叫什么我不知道，甚至他长什么模样我也没有记住。此后，我又教了高一，然后高二、高三一轮一轮地往下走，日子像流水一般消逝着，而上面那件事，也早在我的记忆中烟消云散了。

去年秋末的时候，我莫名地收到一封来自外省某中学的信。打开信，落款是一个陌生的名字。好奇心促使我迅速地浏览起来：马老师，你还记得几年以前的那场考试吗？那天，我正准备在试卷上随便涂抹几个字就交卷，这时候，你走了过来，要我把字写小点儿，我其实挺反感别人对我指手画脚的。然而，你后边所

说的话，却让我在考场上一直怔着坐了半天，直到考试结束的铃声响起——那是我唯一一场坚持完的考试。实话对你说，当时我是一个学习极差的学生，从来没有一个老师对我寄予过希望，在我的脑海里，也没有一个人对我说过"你能考上"的字眼。你那天所说的"这样，你就会考上一个更好的学校"像一枚石子，在我已死的心湖里掀起波澜。马老师，你知道你的这句话给我的勇气和力量吗？复习的那一年里，我咬紧牙关，从最简单的知识学起，第二年，我居然考上了外省的一所师范院校。

更重要的是，你的爱，让现在一样是老师的我懂得了该什么时候俯下身来，给最需要帮助的学生一次肯定，一个微笑，一个眼神，因为他们的心灵需要这样细小的关怀和爱……

天哪！我哪里知道，多年前，我早已忘掉的一句话，竟然给了一个孩子这样的帮助和鼓励。那仅是火柴头大的一点火焰啊，可对于一颗渴望温暖的心灵来说，竟是爱的全部。看来，这个世界没有最大的爱，只有最需要的爱，只要我们肯拿出来，即便这点爱小到米粒或草芥，也总会有一颗最需要的心灵，得到它的呵护和抚慰。

心灵 寄语

老师的话可以深深地影响到孩子的行为，他们对于老师的关怀也会永生难忘。老师的爱是不断的，正所谓春蚕到死丝方尽，蜡炬成灰泪始干。

忘了自家电话

忆 莲

　　在电信大楼营业厅交电话费，队伍排得老长，只有慢慢地等。终于我排到第二个了，在我前面的是一位头发花白的老妇人，从步履神态上看好像已经年逾七旬。

　　"请问您的电话号码是多少？"营业员问老妇人。老妇人脱口就说出一个电话号码。营业员在计算机上点出以后，又问："是叫张丽吗？"老妇人说："不是的，这是我女儿的名字！"然后她又说出一个电话号码，还是脱口而出，没有一点犹豫。营业员在计算机上点出之后，问："是叫张鹏吗？"老妇人说："不是的，这是我儿子的名字！"营业员说："对不起，阿姨！你们家的电话到底是什么号码？"老人歪着脑袋在柜台前想了足足几分钟，就是想不起来。

　　后面有人开始不耐烦了，叽叽喳喳有些骚动。可能是她察觉到了后面的骚动，便转过身来，半是自言自语半是道歉地对大家说："没有记住自家的电话，老了，爱忘事啦。孩子家的倒是记住了，不打磕绊，主要是成天往他们家打，问问孙子外孙。"

　　她刚想走，好像又想起了什么："刚才那两个电话费没交吧？""没

交。""那我给他们交了吧，省得他们再跑一趟。"于是老人歉意一笑，又排在了我前面。这次，后面一片寂静。

　　天下的母亲都是一样地关爱着自己的孩子，就算有天大的事也不会忘记对孩子们的爱。

让心灵优雅驻足

赵德斌

　　终日繁忙的人们似乎总是没有时间顾及与自己"无关"的事情。但如果你能把目光从"事业"上稍稍挪开，去关注一下路边正在吐绿的垂柳，窗台上正在吐蕊的花朵；如果你能踩着细碎的阳光从林荫小道的深处轻盈地走来，并把一抹春色系在挎包的细带上；如果你能在静谧的夜空下，悠闲地躺在阳台的藤椅上，欣赏着璀璨的星光……如果你能经常这样用心地去观察，你的人生定将色彩纷呈。你不觉得，生活中的点点滴滴同样也是一道美丽的风景吗？

　　有一次，一对恋人坐车回乡下老家。工作的疲惫和客车的颠簸使所有人都无精打采，只有他们心情愉悦。尽管车窗外面灰尘滚滚，他们却依然浏览着路边的风景。透过窗子，在不远的小山上他们发现了一片盛开着的迎春花。在灿烂的阳光下，迎春花开得异常烂漫。

　　女友被那乍现的春色吸引住了。她赶紧对司机请求道："请给我5分钟时间，只要5分钟。"司机答应了她的请求。

　　女友跳下车，迅速朝着那盛开着迎春花的小山坡跑去。5分钟后，她握着一束写满春意的迎春花跑了回来。

男友掏出10元钱作为给司机的酬谢，司机拒绝了，他说："给我几朵小花吧，我要送给我的妻子。"

一味地疲于奔命让我们习惯了遗忘，遗忘掉了很多美好的东西。即使我们的一生都可能平平淡淡，但总会有种种无比精彩的瞬间留待我们去细细品味。即使前方的路坎坷难行，我们也要在前行的路上撒一些爱的花瓣，让生活平添几分诗意。

美国诗人惠特曼说："人生的目的除了去享受人生之外，还有什么呢？"拥有就已经是幸福了，风景也好，爱情也罢，只要握在你手心里，就应好好去珍惜。

心灵 寄语

享受自己的人生，不要让枯燥的生活影响了你的心情，在前行的路上撒一些爱的花瓣，让生活平添几分诗意。

老师为你撑起一片天空

雁 丹

汶川地震发生后，遵道镇欢欢幼儿园发生整体垮塌，而此时八十多名孩子正在午睡，除园长在外出差，五名老师都在园内。此次地震共造成五十多名小孩儿和三名老师死亡，目前仍有两名老师在医院抢救，一名孩子生死不明。

地震发生后，孩子家长很快就聚集在幼儿园废墟周围，不停地呼喊着孩子的名字，开始孩子们还能在废墟中发出微弱的回应，但随着时间一秒一秒地逝去，回应声越来越弱。家长们也只能无奈地坐在废墟边上，焦急地等待着救援队伍到来。

幼儿园园长李娟回忆起瞿万容老师被救援队发现的情形，泣不成声："当时瞿老师扑在地上，用后背牢牢地挡住了垮塌的水泥板，怀里还紧紧抱着一名小孩儿。小孩儿获救了，但瞿老师永远离开了我们。"

在幼儿园废墟里，记者看到孩子们使用的小枕头、小盖被，还有散落的一只只小鞋。人们不愿再去想象当时的慌乱与无助，但正因为有了像瞿老师一样的平凡人，才让更多孩子得救。

心灵 寄语

老师，您用知识为学生搭起心灵的避风港，用生命给了我们生存的勇气。当灾难无情地吞噬了校园，奉献就是您生动的课堂。

让生命增值

采 青

　　毋庸置疑，世上最好、最宝贵的东西是人的生命。因为一切为生命所造，没有生命，财富也就失去了存在的意义。更重要的是生命可以不断涌现出幸福美好的心境。当然，要保护生命，要保持好心境，就要学会不断调整自己的天平，让其始终位于平衡的零点。当你享尽天伦之乐时，你也必须承受人间之苦，苦乐均衡。

　　有一个出租车司机，他说如果有了一百万，他就会拥有幸福，他近乎疯狂地赚钱。一年365天，没有和妻女度过一个星期天，没有和朋友相聚过一个休息日。他甚至没有吃过一顿真正的饭，饿了就随便吃点车上备有的饼干或巧克力。

　　终于有一天，他真的赚够了一百万元钱。但因为长期劳累，他的胃出了毛病，开刀动手术，一个胃切掉了三分之二不说，还化验出恶性肿瘤，接着是一个疗程接一个疗程的化疗。这时候，他很想用一百万换回健康，换回和家人的团聚，换回亲情和朋友，但这一百万换不来他需要的这一切。

　　这个人把自己的幸福拴在一百万上。他认为自己是在为幸福而奋斗，殊不知他的幸福已经完全物化，他根本不知道一百万能够带来幸福，也同样可以带来痛苦。为了这一百万，他付出了惨重的代价。

生命是一段炼狱般痛苦的历程，当它充分地表现在假、恶、丑、低谷和黑暗的时候，它显现着微弱；当它充分地表现在真、善、美、光明和纯洁的时候，它透露着坚强。生命似乎一直都在这样的两极之间徘徊延展着。喜与悲同生，苦难与幸福共存。当各种低俗的欲望在庸俗的人群里流行繁盛，生命是一种博爱和宽广的结果；当生命在各种困苦与磨难中显示出无限的壮美时，我们才真正懂得生命就是渺小和伟大的共存体。再崇高的伟人也有他渺小的一面，再庸俗的凡人也有他不平凡的一刻。所以，每个人都有保护生命的本能。只有生命在心灵中无限地增值，才能拥有幸福。

心灵 寄语

生命的价值在于它的鲜活，我们不能单纯地去物化生命的价值。当生命在我们的心中无限地增值，幸福也会向我们靠近。

品味幸福

王新龙

一位身有残疾的青年作家，经过十多年的奋力拼搏，写出了许多优秀作品，继而蜚声文坛。

当有人对他说："你如果不是残疾，恐怕会有更大成就。"不料，他却淡然一笑，说："你说得也许有道理，但我并不感到遗憾，因为如果我不残疾，我肯定早就当了工人，哪有时间坚持学习，掌握写作的技艺。从这个意义上说，我应该感谢上帝给了我残缺的身体，同时也给了我坚强的生活信念和立志成长的勇气。"

他说的信念和勇气，就是一笔可贵的精神财富。幸福感是一种财富，但这种财富多取决于主观感受。它直接与我们自己的心灵有关，而与世俗的一切、与物质的一切没有什么必然联系。新鲜感和兴奋感都不能当做幸福。新鲜感和兴奋感都不过是一种燃烧，注定会转瞬即逝。

幸福感需要自己去品味才会抓住，不同处境的人自然会有不同的感受。饥寒交迫的人，能有亲人相伴就是幸福；下岗待业的人，能找到一份工作就是幸福；正为失恋苦恼的人，能与情人破镜重圆就是幸福；迷路的人，忽遇热心的引路人就是幸福……

心灵寄语

幸福感取决于一个人的感受，当你身处幸福中，你可能无法体会到。但当你在饥寒交迫时，小小的一碗粥也是幸福的。

月光下的蛙鸣

母亲用她伟大的爱为我们带来了温暖，带来了安逸。母爱是伟大的，是无私的，让人难以忘怀。

最后一把花生

李华伟

　　他小时候家里很穷，父亲外出找活干一去便没了音信，家中只有母亲和多病的祖母。赖以生存的就是那块花生地，虽然每年的产量还不够填饱肚子，可母亲却侍弄得很精心。

　　每年种花生的季节，母亲都带他去地里干活儿。虽然他只有7岁，却已经干得像模像样了。那时正闹自然灾害，他几乎每天都处于饥饿状态。所以种花生时他常常偷偷地吃上几粒，因为花生对于饥饿的孩子来说诱惑太大了。那天在地里干完活，母亲走过来把一把花生送到他手里，说："这是剩下的，你吃了吧！"他兴奋地几口便吃光了，他心里明白，母亲这么做是为了让他在种花生时不再偷吃。可虽然每天干完活都会有一把花生剩下，他却仍然在种的时候偷偷地吃上一些。他无法控制自己，甚至希望这些活多干上几天。从那以后，每年种花生时他都会得到母亲留给他的花生，在记忆中，那是他吃得最饱的一段日子。

　　后来，随着年龄的增长，家境也渐渐好转，他常常后悔当初对母亲的欺骗，心中不停地谴责自己。终于，在母亲弥留之际，他流着泪对母亲说出了心中的悔恨。母亲微笑着说："孩子，我知道你一直在偷吃。每次干完活儿我都留下一把花生给你，就是怕你在干活儿中偷吃的那些没吃饱啊！"他终于不加控制地痛哭失声，在场的人也无不动容！

那深沉得直指人心的母爱啊！

心灵寄语

母亲的心就是那么的宽容，她们包容我们的错误，同时关怀着我们的成长，为我们的人生带来美好。

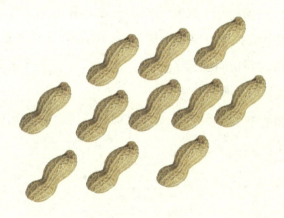

爱的真正标志

向 晴

听朋友说过一则佛经上的故事，说的是有一次天陀山起了大火，许多鹦鹉一起汇集于天陀山大火之中。原来这些鸟是"入水濡羽，飞而洒之"，它们将身上的羽毛沾上水，然后把水洒向天陀山，期望能熄灭这场大火。

天神见了说："鹦鹉们呀，你们虽想救火，但这点儿微薄的水，有什么用呢？"鹦鹉们说："我们常年住在天陀山之中，和天陀山朝夕相伴，情深似海，怎忍心让天陀山被火烧掉呢？烧光了树，我们住在什么地方呢？"

天神很受感动，弹指间就灭了山火。这样一种"入水濡羽，飞而洒之"的鸟儿对山的情怀，是世间大爱。

由此，今人由衷地怀想起这样一个沉甸甸，一个标志真正的爱的词，一个让生命变得厚重的词：

相濡以沫。

 心灵 寄语

爱一个人便愿意无限地付出，愿意无代价地去奉献。在对方危难的时候，甚至愿意献出自己的全部。

永远的第十一位老师

李华伟

在一个偏远的小山村里，有一所小学校，因为各方面条件极差，一年内已经连续走了七八位教师。

当村民和孩子们依依不舍地送走第十位教师后，就有人心寒地断言：再不会有第十一位教师到来。

乡里实在派不出人来，后来只好请了一位刚刚毕业等待分配的女大学生来代一段时间课。不知女大学生当初是出于好奇或是其他什么原因，总之很快和孩子们融洽地生活在一起了。

三个月后，女大学生的分配通知到了。村民们只好像以往十次那样带着各家的孩子去送这位代课教师。

谁知，无法预料的情形发生了。那天，在代课教师含泪走下山坡的那一瞬间，背后突然意外地传来她第一节课教给孩子们的古诗："离离原上草，一岁一枯荣。野火烧不尽，春风吹又生。"

那背诵的声音久久回荡，年轻的代课教师回头望去，二十几个孩子齐刷刷地跪在高高的山坡上——没有谁能受得起那天地为之动容的一跪。孩子们目光中蕴涵的情感，顷刻间让她明白：那是孩子对知识的渴望和纯真而无奈的挽留啊！

代课教师的脚步凝滞了。她重新把行李扛回小学校。她成了第十一位教师。往后的日子里她在这所小学校里送走了一批又一批孩子去读初中、高中、大学……这一留就是整整二十年。

我听到这个故事的时候，正是女教师患病被送往北京治疗的期间。我一直想去探望她，但因为种种原因没有成行。

我终究没能见到这位乡村女教师。当我终于有机会来到这所小学校时，已有一位男老师来接她的班。新来的教师对我说：她患了绝症，从北京回来的只是她的骨灰。我看到她的骨灰装在一个红色的木匣里，上面没有照片。

临行时，这位男教师还告诉我，这所学校没有第十二位教师这种说法。无论以后谁来接班，永远都是第十一位。这是所有能在这里工作的教师的光荣，他说。还有就是这所小学校有一条不成文规定。是什么，他没有立即告诉我，当时他只是微笑着对我说：明天早晨，你就会知道。

第二天，我早早从距小学校几里远的乡招待所赶来。刚刚爬到院墙外那座高高的山坡，就远远地听到白居易那首熟悉的诗句："离离原上草，一岁一枯荣。野火烧不尽，春风吹又生。"

我想起，今天是新生开学的第一课。

心灵 寄语

师恩如山，我们从幼苗长成大树，却永远是您的学生；我不是您最出色的学生，而您却是我最敬爱的老师。

守望"生命之塔"

慕 菡

一个佛得里达角雷斯伊翰湾的守塔人，在这个偏僻的孤岛上已生活了将近四十年。当他还是个二十多岁的小伙子时，就随他捕鱼的伯父来到这座孤岛。

他和伯父白天捕鱼，晚上点起篝火。从此，辽阔的大西洋岸边多了一座灯塔。

他已记不清楚他和伯父在狂风暴雨的黑夜里或是在飓风季节里救过多少人。那些被救过的人偶尔路过孤岛，总不忘给他们叔侄俩捎点什么，但每次都被他们拒绝，他们仅接受了一台发电机，从此灯塔不再用篝火了，叔侄俩在雷斯伊翰湾不知不觉过了20年。

后来，他伯父去世，只剩下他一个人。现在的雷斯伊翰湾少了一个人，多了一座坟墓。但在他看来，伯父仍陪伴着他。他依旧白天捕鱼，晚上守候在伯父一生中唯一接受的礼物——一台风力发电机旁。

10月的雷斯伊翰湾气候格外异常，他整夜几乎都醒着。他知道，每年的海滩事故频发季节已经来临。他的小屋外已是惊涛骇浪，他一遍遍检查，给风力发电机的轴承加润滑油。此时的小岛像是要摇动起来。

他从小屋里走出，像伯父一样敏锐地眺望大海，海面上黑压压一片，浪头拍打着礁石，发出一声声巨响。突然，他发现远处的海面上有一点儿亮光，只有萤火虫的光亮那么大。他立刻意识到什么，便迅速爬上灯塔，将灯塔里的灯又垫高了许多，并在废弃了的火坑里重又燃起了篝火。远处的亮点越来越大，渐渐靠近了他居住的孤岛。等亮点到近处时，他才发现灯火是从一艘瑞典籍的货轮上发出的。

天亮了，船长带领船员在雷斯伊翰湾作短暂的停留，并打算给岛上的工作人员送去几吨食品，可当船长走进岛上他的屋子时，才发现他的屋子还抵不上他船上的一个集装箱大。

"我要带你离开这儿。"船长感激地对他说。

"为什么？"他问。

"不为什么，我至少能给你每月带来3000美元的薪水。"船长继续说。

"10年前，一位像你一样的船长曾答应给我每月4000美元的薪金。"守塔人平静地说。

临别的时刻，船长紧紧地拥抱了他。

心灵 寄语

人的一生总要去付出，才会有更大的价值。为了守卫他人的安全，而舍弃自身的幸福，是多么的伟大呀。

白发亲娘

李华伟

　　命运再一次朝我背过了脸。经过漫长的20天的治疗，刚刚出院一星期，无情的病魔又一次侵袭了我，我不得不再次躺在了医院的病床上。

　　这一次，我没有告诉母亲。母亲已经60多岁了，长年住在京郊那个偏远的小山村。可是第二天，白发苍苍的母亲在姐姐的带领下，一脸焦急地走进病房。看见我，她止不住老泪纵横。之后的两天里，见到我输液，她默默流泪；看见我抽血，她忍不住抽泣！看母亲控制不住自己的情绪，姐姐们连哄带劝，终于把母亲送回了老家。

　　谁想到，连自己家的电话号码都记不清的老母亲，竟然不知怎样记下了我的长长的手机号，而且学会了给我的手机打电话。每天早、中、晚三次，她都会准时把电话打进我的病房，一声声的担心，一句句的叮咛，再有，就是一遍遍地要求再来病房陪伴我、守候我。

　　那天中午，在我睡意蒙眬的瞬间，忽然发现门外站着一个熟悉的身影。我一下子睁大了眼睛。正在犹疑间，我的年近古稀的老妈妈，头发蓬乱、一脸是汗地站在了我的面前。

"妈，您怎么来了？"

"哎呀，闺女，你可好些了？瞧把我急的！"

"这么远的路，您怎么来的？谁把您送来的？"我惊讶地连声发问。

"我自己偷着跑来的！你在医院里躺着，我哪放心得下？！在家里吃不香、睡不着，再不来，就要把我折磨死了！"

泪水一下子模糊了我的眼眶。我激动地扑在母亲怀里，失声痛哭。

已是深夜，经过几个小时的颠簸，年迈的母亲终于如愿守在了女儿的病榻旁。她实在太累了，带着一丝甜蜜，带着一脸满足，我的白发母亲，她深深地、深深地睡着了。

母爱是无私的，母爱是温暖的太阳，奉献着她的光芒；母爱是辽阔的海洋，袒露着宽广的胸怀。

付账的天使

王新龙

在美国加州，有一个送奶员，曾因一位欠他100美元的客户的突然消失而沮丧不已。

有一天，他的一位朋友对他说："我有办法使你对那100美元的账款感受好过一些。"

"我不相信有什么办法，"他没好气地说，"不过可以说来听听。"

"就当是把牛奶作为圣诞礼物送给了那些需要它的孩子们。"

"你在开玩笑吗？"他气恼地回答，"我甚至没有给我妻子送过那么贵重的礼物哩。"他的朋友不再说什么，但仍然相信自己的建议是正确的。

他再来时，他的那位朋友就拿这个建议开玩笑。"你还没有送给她牛奶吗？"他的朋友笑着问。"没有，"送奶员回答说，"不过我正在考虑送一件价值100美元的礼物给我的妻子，除非另一个美丽的母亲又想利用我的同情心。"

每当他的朋友问这个问题，他都好像变得比以前更轻松一点儿。最后，圣诞节前七天，那件事终于发生了。

他来的时候，脸上绽放着笑容，眼睛熠熠发光。"我做过了！"他说，"我把牛奶作为圣诞礼物送给她了。这不容易，但我失去了什么呢？都过去了，不是吗？""是的。"他的朋友觉得很高兴。"我真的觉得好多了。这正是圣诞节我能有一个好心情的缘故。是我使那些孩子们有许多的牛奶放进他们的麦片粥里。"

圣诞节后，有一天，送奶员碰见他的朋友，他向朋友讲述了那个欠账的妇女还钱的经过：

"我很抱歉，"她面色绯红地对我说，"我真的一直想付你钱。"她解释说，"我的丈夫有一天晚上回家，说他找到了一个更便宜的公寓，也找到了一份晚上干的工作。于是我们立即搬了家，而我却忘了再留下个地址。"

"现在我已经有一点儿积蓄了，"她羞涩地说，"这是30美元，先还一部分。"

"不用了，太太，"我微笑着回答，"已经付过账了。"

"付过了？"她惊呼，"什么意思，谁付的？"

"我。"他抑制不住内心的自豪与喜悦说。

她朝他看着，由衷地说了一句："你是天使！"然后她嘤嘤地哭了。

他讲完之后，他的朋友问："你没拿那30美元？""当然没有"，他憨厚地笑起来，"我是把牛奶作为圣诞礼物送给她的，不是吗？"

"是的，是的！"他的朋友含着笑高兴地不停点头。

心灵 寄语

适当为别人付出，不要把事情想得很坏，尝试用好的心情去看待不好的事情，那么你就会豁然开朗。

我最难忘的人

尤 今

　　我至今仍清楚地记得高中最后一个学期的第一堂英语课，我们这些男孩子(我们学校没有女生)用期待的目光等待着一位新老师的到来。没过多久，门开了，进来一位高高的其貌不扬的40岁左右的男子。他将自己的姓名写在黑板上——威尔马·T.斯通，随后就坐在讲台的一角，开始了他的讲话。

　　"同学们，"他说，"这个学期——你们的最后一个学期，我们将在一起度过。我们能够互相学习，我们将努力使自己沉浸在优美的文学氛围中。"他如是说着，这么谦逊、友好。一股暖流在我周身涌动。

　　在接下来的日子里，他的热情感染了我们。他会读一首诗，然后说："我想知道我们是否能表达得更好。"接着我们就七嘴八舌地议论开了。不久我们惊异地发现没有比这更好的学习方法了。他引导我们去欣赏语言与文学的美丽。

　　斯通先生给予我们作为一位老师所能给的最珍贵的礼物——他激发了我们学习的热情。他常常给我们讲一个故事的一部分，到我们非常渴望了解更多时，他会戛然而止，说："我想你们可能已经读过这些了。"当我们摇头时他就将书名写在黑板上，然后对我们说："有些书，比如这本书，真让人爱不释手。要知道

许多通向幸福的大门已经向我关闭了，但正朝你们开着！"

他坚信课外阅读的重要。他有一次说："在任何图书馆，你们都会发现有无数的好书在等着你，翻阅它们，浏览它们，广泛阅读，然后将你最感兴趣的几本带回家细细品尝。一个爱书的人能通过读书，经历许多不同的生活。"

一学期在不知不觉中走近了尾声，对我们来说这太快了。我们班自发地决定开一个联欢会，用诗文与歌曲的形式与斯通老师告别。

那天下午，斯通老师慢慢地走进了我们的教室。我们让他坐在第一排。一个男孩走上讲台，开始演讲，其余同学围在他的旁边。斯通老师坐着，嘴唇紧闭着。他仔细地看着我们每个人，似乎想把这幅图永远留在他的记忆中。当我们的节目进行到最后一曲合唱时，我们看见泪水从斯通老师的脸颊滚滚落下。

一曲终了，他站了起来，拿出手帕擦着他挂满泪珠的脸。"孩子们，"他说，"你们留给了我一些永远无法忘怀的东西……我会记住你们皎洁的容颜，在讲台上说着你们已学会了什么，你们正在想什么，这种情景真是令人难忘。有时候我认为当教师是一件很令人心酸的工作，因为与你们相处到一定时候就不得不分离。"他顿了顿，"但我永远也不会放弃这一职业！"

我知道，斯通老师在我们每个人的心灵上都刻下了永不磨灭的一笔。

心灵 寄语

我愿是一块轻柔的纱巾，为老师擦去汗水和灰尘；我愿是一束夜来香，和星星一起陪伴在老师身旁。

一杯牛奶

吕 航

　　一天，一个贫穷的小男孩儿为了攒够学费正挨家挨户地推销商品，劳累了一整天的他此时感到十分饥饿，但摸遍全身，却只有一角钱。怎么办呢？他决定向下一户人家讨口饭吃。当一位美丽的年轻女子打开房门的时候，这个小男孩儿却有点儿不知所措了，他没有要饭，只乞求给他一口水喝。这位女子看到他很饥饿的样子，就拿了一大杯牛奶给他。男孩儿慢慢地喝完牛奶，问道："我应该付多少钱？"年轻女子回答道："一分钱也不用付。妈妈教导我们，施以爱心，不图回报。"男孩儿说："那么，就请接受我由衷的感谢吧！"说完男孩儿离开了这户人家。此时，他不仅感到自己浑身是劲儿，而且还看到上帝正朝他点头微笑，那种男子汉的豪气像山洪一样迸发出来。

　　其实，男孩儿本来是打算退学的。

　　数年之后，那位年轻女子得了一种罕见的重病，当地的医生对此束手无策。最后，她被转到大城市医治，由专家会诊治疗。当年的那个小男孩儿如今已是大名鼎鼎的霍华德·凯利医生了，他也参与了医治方案的制订。当看到病历上所写的病人的来历时，一个奇怪的念头霎时间闪过他的脑际。他马上起身直奔病房。

　　来到病房，凯利医生一眼就认出床上躺着的病人就是那位曾帮助过他的恩人。他回到自己的办公室，决心一定要竭尽所能来治好恩人的病。从那天起，他就特别地关照这个病人。经过艰辛努力，手术成功了。凯利医生要求把医药费通知单送到他那里，在通知单的旁边，他签了字。

当医药费通知单送到这位特殊的病人手中时，她不敢看，因为她确信，治病的费用将会花去她的全部家当。最后，她还是鼓起勇气，翻开了医药费通知单，旁边的那行小字引起了她的注意，她不禁轻声读了出来："医药费——满杯牛奶，霍华德·凯利医生。"

心灵寄语

对别人的帮助是不要求回报的，而当你同样有困难的时候，别人也会对你施以援助之手，这就是互助的美好。

一位母亲
写给世界的信

如 风

亲爱的世界：

我的儿子今天开始上学。在一段时间内，他都会感到既陌生又新鲜。我希望你能对他温和一点。

你知道，直到现在，他一直是家里的小皇帝，一直是后院的主人。我一直在他身边，为他料理伤口，给他感情上的慰藉。

可是现在——一切都将发生变化。

今天早晨，他将走下屋前的台阶，挥挥手，踏上他伟大的冒险征途，途中也许会有战争、悲剧和伤痛。要在他必须生存的世界中生活需要信念、爱心和勇气。

所以，世界，我希望你握住他稚嫩的手，教他必须知道的一些事情。教他——如果可能的话，温柔点儿。教他知道，世界上有一个恶棍，就有一个英雄；有一个奸诈的政客，就有一个富有奉献精神的领袖；有一个敌人，就有一个朋友。教他感受书本的魅力。给他时间，去安静地思索自然界中永恒的神秘：空中的小鸟，阳光下的蜜蜂，青山上的花朵。教他知道，失败比欺骗要光荣得多。教他要坚信自己的思想，哪怕别人都予以否定。教他可把自己的体力和脑力以最

高价出售，但绝对不要出卖自己的心灵和灵魂。教他对暴徒的号叫置若罔闻……并且在认为自己是对的时候站出来战斗。以温柔的方式教导他，世界，但不要溺爱他，因为只有烈火才能炼出真钢。

这是个很高的要求，世界，请你尽力而为，他是一个多么可爱的小伙子。

心灵 寄语

每个母亲都对自己的孩子寄予厚望，希望他们将来可以成为一个强者，一个适应社会的人。

母爱的力量

李燕翔

　　70年代中期，在农村老家一进入腊月，人们纷纷到谷场边、坟地里、老宅院下铁夹子逮黄鼬，腊月里的黄鼬皮最值钱。一张黄鼬皮出手后，过年买肉的钱也就有了，弄好了还能再买两串鞭炮。

　　那年冬天，雪下得格外勤。一天傍晚，父亲兴奋地跑回家说发现了黄鼬脚印。他拿起铁夹子跑出了门，我也紧紧撵了过去。在生产队的谷场边，父亲扫开了一小块积雪，下好夹子，用谷糠将夹子伪装好，外面只露出一只烧煳的麻雀做诱饵，再用细铁丝把铁夹子固定在打谷场的石碾上，做好了记号我们便回家了。

　　那夜的风雪特别大。北风裹着雪花拍打着发黑的窗户纸啪啪作响。我缩在被窝里兴奋得难以入睡。

　　看看窗纸已经透亮，我悄悄地穿衣下炕，不顾风大雪猛，连滚带爬向谷场边奔去。远远地望见昨天下夹子的地方黑糊糊的一片狼藉。等扑到跟前后我惊呆了！铁夹子上夹着一张半卷状的黄鼬皮，却不见黄鼬踪影。我正在发呆却又发现雪地里一条暗红色的印迹向场边延伸。我顾不上多想，顺着红印向前追去，追到生产队的草料房根，听见里面发出"吱——吱"的微弱叫声，破窗进去仔细翻找，发现草窝里有四五只出生不久的小黄鼬。此刻光腚小黄鼬围着一个脱了皮的

死黄鼬乱拱乱啃。我翻动了一下早已僵硬的脱皮黄鼬，它腹下肿胀的奶子依稀可辨。惨烈的场景刺激得我心头一热，直想呕吐。啊！原来是夹住了一只产后不久的母黄鼬。怪不得它求生的欲望那样强烈，怪不得它为逃生而不惜惨烈地脱皮而去，因为它是一位母亲。母亲的天职，促使它挣脱夹子时已将生死置之度外，已将扯皮裂肉的痛苦抛到脑后。被困后它只有一个信念：尽快与孩子团聚，尽快回去为孩子哺乳……博大的母爱震撼得我热血沸腾。天快大亮了，村头已有人影向这边晃来，我慌忙跑回谷场，取回那张黄鼬皮慢慢伸展平整，轻轻地套在母黄鼬僵硬的尸体上，连同那副铁夹子找了干爽的地方深深地埋了下去……

尽管那年春节我没吃到肉，也没有买到鞭炮，但那个春节让我终生难忘。

那年我12岁。

心灵 寄语

母爱是伟大的，她们无时无刻不在挂念着自己的孩子，哪怕是牺牲自己也在所不惜。

救人的哈里森

程 阑

"当你付出一份善良时，回报你的往往超出一份。"芬兰籍的外教在给我们讲下面这个故事时说。

在芬兰的一个小渔村里，出海捕鱼的人靠一个简单的求救装置，向设在岸上的接收总台发出求救信号并报出船只遇险的大概位置。救护人员由渔村里不出海的人轮流担任。

一天傍晚，总台的警报灯又亮了，远在500海里之外的一艘船遇到了危险。依照惯例，这回轮到小伙子哈里森和渔民罗尔素驾船前往营救。

村里的人们把小机动船抬上大船，两人准备出发了，哈里森的老母亲悲痛地拉住儿子的手哭道："孩子，你父亲就是这样去救人死的！你哥哥出海已快半个月了，还不见回来的影子，恐怕已是凶多吉少。昨天又预报今天海上会有风暴，你要是再遇上什么三长两短，叫我怎么活呀！"

"妈妈，可怜的妈妈！"年轻的小伙子抹去妈妈的眼泪，然后扭头上了救援船。

哈里森和罗尔素驾船来到距出事地点约20海里的地方，便遇到了风暴，罗尔素说："这个鬼天气去救人，只有找死，咱们还是回去吧。跟村里人说我们没发现遇险的船只。"说完，罗尔素开始掉转船头。

"不，救人要紧。马上就到出事地点了。为什么不去呢？从前别人不是也在这种情况下救过你吗？"哈里森不同意返回。

"你去死吧，让你妈变成孤寡老人。"罗尔素诅咒道。

哈里森放下大船上的小机动船，独自驾着小船向出事地点赶去。

两天后，前去救人的大船破败不堪地被海潮送回渔村旁的海岸，船上空无一人。哈里森的老母亲得到救援船出事的噩耗，顿时昏了过去。

三天后，奇迹出现了：一艘小船从晨雾中向渔村驶来，船头站立着一个人，极像哈里森。"是哈里森吗？"村里人高兴地大喊。

"噢——是我，哈里森。"回答让人无比高兴。

"谢天谢地，这下哈里森母亲有救了。"人们高兴地议论着。

"喂，请快去告诉我妈妈。"哈里森在船头兴奋地舞动着衣服说，"遇险的那艘船是我哥哥他们的，我救回了我哥哥。"

心灵 寄语

坚定的信念，使人们可以创造无数个奇迹，对自己、对别人付出一份责任，你将收获到更多。

使我成为天使的人

安吉拉·斯德吉尔

　　我七年级的时候，志愿到本镇的医院里当护士的小助手。那年夏天，我每星期为医院服务30至40个小时。我在那里的大多数时间都和吉拉斯佩先生在一起。据我所知，从来没有人来探望过他，似乎谁也不关心他的病情。我陪了他很多天。在陪伴他的时候，我一边握着他的手，一边对他说话，此外还帮他做一些必须得做的事情。他成了我亲密的朋友，虽然他对我的回应只是偶尔捏捏我的手。因为吉拉斯佩先生当时正处在昏迷之中。

　　后来，我离开了医院，和父母去度假了，这大约有一周的时间。当我回来的时候，吉拉斯佩先生已经不在了。我没有勇气问其他护士他到哪里去了，因为我害怕他们会告诉我他已经死了。就这样，我在上八年级的时候，怀揣着许多得不到解答的问题，继续在那里当一名志愿者。

　　几年后，我进了中学。有一天，我在加油站看见了一张熟悉的面孔。当想起他是谁的时候，我泪如泉涌。他还活着！我鼓起勇气问他是不是吉拉斯佩先生，以及他在5年前是不是曾经昏迷过。他很惊讶，回答说是的。我向他解释我是如何认识他的，以及我曾经在医院里长时间地对着他说话。他的眼里顿时涌出泪水，并且给了我一个最最温暖的拥抱。

他告诉我，当他在昏迷之中躺在医院里的时候，他能够听到我在对他说话，能够感觉到我在一直握着他的手。他以为在那里陪伴他的是一位天使，而不是一个平凡的人。吉拉斯佩先生坚定地认为是我的声音和触摸才使他奇迹般地活了下来。

接着，他告诉了我一些有关他的生活方面的事情，以及他是如何陷入昏迷状态的。我们一起哭了一会儿，然后互相拥抱着说了再见，就各自离开了。

虽然，我后来再也没有见到过他，但他一直在我心里，每次想到他，我的心中就充满了喜悦。我知道是我使他的生命在生与死之间创造了奇迹，而更为重要的是，他使我的生活发生了巨大的变化。我永远不会忘记他以及他为我做的事：他使我成为一位天使！

心灵寄语

关怀可以让人充满希望，给予一个人勇气。就算是遇到再大的困难也可以微笑地度过。

死亡之吻

孙明喜

　　这是一个大雪纷飞、北风狂号的日子。阿拉斯加州的一家医院里，正进行着一次特殊的分娩。医生护士忙里忙外为一个叫多莉的妇女接生，之所以说其特殊，是因为多莉强烈要求医生为自己提前两周分娩。医生忠告：提前分娩危险很多，婴儿早产，是否健康？孩子会不会因月份不足而孱弱多病？人为地催生，会不会对大人有危险？这都是未知数。多莉自己写了保证，还找了证人，若有问题和医生无关。医生被她的苦苦哀求所感动，同意为她手术分娩。

　　医院产科的楼道里站满了关心这次分娩的人们。很多眼睛注视着分娩室两扇洁白的房门；相识或者不相识的面孔显得异常严肃。时间一分一秒地过去。一刻钟，又一刻钟。当婴儿响亮的哭声传来时，很多人流下了感动的泪水。

　　孩子平安降生后，多莉向护士恳求道："护士小姐，求求你，将我和我的孩子马上送回我的家里。因为我的丈夫、孩子的父亲正盼着这个小生命的来临。"医生和护士们把大人和孩子包得严严实实，抬上救护车，向多莉家中疾驰。

　　到了多莉的家，人们才知道：多莉的丈夫身患癌症，命在旦夕。为了能让他抱一抱亲生的孩子，体会一下做父亲的幸福，多莉才决定提前分娩。那个不幸而又幸运的父亲，终于在生命的尽头拥抱了自己的孩子。他说："孩子，你真美

83

丽，我是你爸爸，不要忘记我。"说完这句话，父亲在孩子头上吻了一下，就永远闭上了眼睛。这话，是父亲说给孩子的第一句话，也是唯一的一句话；这吻，是父亲给孩子的第一个吻，也是唯一的一个吻。

多莉抱着自己的孩子哭诉道："孩子，妈妈和你一样，没有一句怨言。你提前两周诞生，亲历了生死门槛；你已经被你父亲吻过，不再是个遗腹子；你享受过父爱，被父亲抱过，祝福过，叮咛过。尽管一生只有一次，可这一吻之爱，来得是何等的艰难。"

在场的人们无不为之感动。这种爱宁可少有，不可没有，这是爱的纽带……

心灵 寄语

母爱——永远伟大的爱，母亲的伟大在于甘心情愿地为孩子付出，不计较代价地爱着孩子。

月光下的蛙鸣

朝 阳

十几年前的一个寻常夏天，我枕戈待旦地准备参加这一年的高考。

在那样一个年代里，高考直接决定着一个青年一生的命运。我的情况更特殊，3岁时失去了父亲，是母亲含辛茹苦把我带大的。苦难中的母亲，眼巴巴地盼着我能高考得中。我也想，如果能在这一年如愿以偿，正是对母亲最好的报答，能减轻母亲经济上和精神上的压力。

但竞争是残酷的，同学们都在头悬梁、锥刺股，焚膏继晷地苦战，你追我赶。母亲见我面容憔悴，很心疼。我家离学校不远，她就跟老师说情，说寝室里吵闹，让我回家住，好早晚照料我，给我增加营养。

那段时间里，她杀光了家中三十几只鸡，想尽一切办法，让我增强体质。

我房间的后窗正对着屋后的一方池塘，正是燥热的6月，夜晚，一池塘的青蛙，叽叽呱呱，呼朋引伴，叫声格外响亮悠远。一池的蛙声就这样紧紧缠住我的一双不幸的耳朵，此起彼伏地一次又一次将我惊醒。

渐渐地，蛙声不再吵闹了，每夜都有香甜的梦。但是，母亲却变了，日日坐在椅子上打盹。一天，隔壁的大妈偷偷地拉住我，悄悄跟我说："你妈为了让你睡好觉，夜夜替你赶青蛙呢。"我将信将疑。

但是，第二天夜里，月光下的池塘边上，我真的看见了我的母亲。

母亲手拿一根长长的竹竿，轻轻地敲打池塘边的每一处草丛，做得认真又虔诚。她绕着池塘一圈圈小心地走着，一遍遍用竹竿仔细地敲打。有时她停下来，站一会儿，轻轻地咳嗽几声，用手捶捶背。月光把她的白发漂洗得很白。我大声喊母亲，母亲却听不见，她全神贯注于手中的竹竿，生怕遗漏一处蛙声……

一直到现在，我仍然坚信，有一种爱，能唤起一个人内心潜在的力量，帮助你去战胜一切困难。这一年高考，我被一所大学录取了。很多年已经过去，蛙声也一点点远逝。可是，我觉得它时时都在我的枕边，一声声，像不倦的提醒和教诲，给我许多人生的激励。

心灵 寄语

母亲用她伟大的爱为我们带来了温暖，带来了安逸。母爱是伟大的，是无私的，让人难以忘怀。

感恩地爱着

爱情是一场公平的比赛，没有谁欠谁多一点。所以我们唯一要做的就是学会用一颗感恩的心完成这场爱情的竞赛。

爱的语言

彭真平

亨利·托尼住在意大利瓦耶里市的一个贫民区里。因为贫困，他在别人面前抬不起头。他衣衫褴褛，常常来往于垃圾房和赌场之间。他没有亲人，没有朋友，孤独和寂寞使他变得沉默寡言。可是有一天，亨利竟意外地收到了一封来信，让他感到异常喜悦。

信中说：我很敬佩你，因为你生活虽然清寒，但却能保持理智和克制。要知道，保持理智地忍受贫困也是贤智之士的特性。贫穷并不可鄙，相反，却要一种英雄气概。但是，你知道，一个智者又怎么会不需要一份工作而自甘堕落呢？人人都是命运的创造者，你愿意在贫困中升华吗？

信结尾的署名是："一个崇拜你的人。"

看完信，亨利的衣襟已湿了一大片，他对自己的碌碌无为，对自己的不思进取感到羞耻。于是，他开始找活干，为别人修草坪、送信……直到五年后，他拥有了自己的公司，他都被这封信深深地感动和激励着。而给他写这封信的人，就是当年亨利的邻居，现在的托尼夫人。

这个世界上有一种最美丽、最神奇的语言，那就是爱。它是阳光，渗透到人的心灵，有了这种语言，人们就可以在春天播种希望，在秋天收获幸福。

改变这个世界的，不是上帝，而是人与人之间的信任和欣赏、关爱和支持、鼓励和祝福。

心灵 寄语

上天赐予我们感情，使我们懂得信任和欣赏、关爱和支持、鼓励和祝福，它拉近了人与人之间的距离，同时也增进了我们之间的感情。

爱是一种支撑

林 强

第二次世界大战期间，在逃难的人流中，一位母亲带着她3岁的孩子，随着人流向远方走去。

这位母亲把最后的一点干粮磨碎，喂给孩子吃，看着孩子瘦弱的小脸，禁不住落下泪来。她知道，自己已经两天没吃什么东西了，半个月的饥寒交迫，令她的身体极为虚弱。她怕自己支撑不住，最后孩子也无法活命。想来想去，这位母亲抱着孩子走到一位逃难的人面前。这个人，是她家以前的邻居，是个医生，为人非常善良，她知道，如果现在把孩子托付给他，他一定会把孩子养大成人。

"我一辈子感激你，"母亲给这位邻居跪下了，"请你带着我的孩子一起逃命。"

"不，我不能答应你。"邻居为她和孩子简单地检查了身体状况后，拒绝了她，"我的事情已经够麻烦了，我帮不了你的忙。"

母亲只好抱着孩子，重新上路。

一路上，不停地有人倒在路边，再也起不来了。可是，这位母亲却奇迹般地带着孩子，穿过边境线，住进了难民营。这位母亲之所以能坚持下来，是因为她知道，如果她也无法保护孩子，就没有人能够帮她把孩子养大成人。

在难民营里，她又遇到了那位邻居。

"你和孩子都需要支撑。"那位邻居说，"只有你们互相支撑，才能母子平安。"

这位母亲此时才明白了邻居的好心。

爱是一种支撑。

爱，支撑了母亲和孩子的生命。

对孩子的教育也是如此。

如果爱能够支撑起一个希望，那么，爱又有什么不能支撑的？

心灵 寄语

爱是支撑人前进的动力，它给人力量，给人勇气，去面对前方一切的危险与困难。

卑微的善人

林 强

鞋匠在学校林荫道的拐弯处一摆鞋摊就是五年，学生们尽管把走坏的高跟鞋、足球鞋往他那儿提，下了课再扔下五毛、一块的往回拎。谁也无暇、也不屑过问这个小个子鞋匠的心事，反正鞋匠顶满天也就是一个补鞋子的嘛。

鞋匠在学校租了一间由厕所改造的小房间住，只有六个平方，他说"陪臭，还要六十块钱一个月"。好在学校摆摊所收的管理费极低，学校又有这么多正茁壮成长的青年男女，所以鞋匠的生意还可以，他每天所摆的鞋摊和学校里的黄角树、减速标志一样，渐渐成了学校里一道固定不变的风景。

鞋匠的眼睛还是个"瞟眼"(学名称斜视)，按说眼神儿很不济，可当他飞快地穿针引线起来，顿让人觉得手艺人不简单。除了补鞋，鞋匠还补伞、补裤子，凡是能有的手上活儿他都做。我有条亚麻布的长裙，要一顺溜儿钉十颗纽扣，我钉了两颗后发现自己绝对不行，因为这样严丝合缝地一路整齐下去，我那微弱的"女工"功夫再修炼十年也不行。我抱着裙子试着去找鞋匠缝，他说两毛钱一颗，疙瘩都不打一个很快弄好了。以后我的首饰掉了石头，或者耳环少了叮当，都统统拿去找鞋匠用万能胶粘。反正我一去参加什么摇滚乐会，别人一夸我的裙子或首饰，我马上就想笑，就想起这里边还有一个不知名的鞋匠的功劳。

鞋匠不知怎么就捡到了个女婴，不知不觉就把她养到了两岁。鞋匠向我透露这个秘密的时候，我正抱着朋友的小孩儿坐在鞋摊上玩。鞋匠说这话时，吓了我一大跳，一个五六十岁成天佝偻着腰在风雨中谋生的人，怎么会再养一个弃婴。

鞋匠说他是正月初四在广安火车站捡的，他在家过完年后准备回重庆，发现车站里围着一大群人，个个抱起那个小包裹看看又扔下，鞋匠也挤进去看，是个生下才几天的女娃，鞋匠看没人要，就用背鞋的背篓背着这个女娃，又乘一块钱的汽划子回到老家，每天用野猪油给女娃擦被屎尿沤烂了的大腿，又每月寄三百块钱给老姐姐，烦请她好好给他喂养着。

鞋匠的儿子已二十好几，早就成家立业了，据说对鞋匠并不好。自从有了这个飞来的女儿后，鞋匠补鞋的生活有了很大的变化，他每天至少要挣到十块钱后，才能往家里寄那每月的三百块钱，鞋匠收摊的时间拖延得更晚，早上也扛着行头出来得更早。鞋匠很高兴在他过年过节才回家的时候，那个女娃已能叫他"爸爸"，歪歪颠颠地给他提来拖鞋了。

问鞋匠上到户口没有，鞋匠说只花了五十块钱的公证费，"乡政府要是找我麻烦的话，我说把娃儿背去送给他"。没想到鞋匠还有点儿他的"歪歪理"。问娃儿以后长大要是对他不好咋办，鞋匠说捡来的时候就去为娃儿照了相，便于以后她亲生父母相认。

话到此，鞋匠已非我们每天所见的那个卑微的鞋匠了，他的生活在两年前的那个冬夜重新又有了新的盼头，他准备在钱挣得再多一点儿的时候，能将孩子接到城里来上幼儿园，准备就在他从早到晚一针一线的缝补里，将一个被亲生父母丢弃的婴儿，抚养成一个如花似玉的好姑娘。

鞋匠从此放弃了每天去和其他小贩打一角钱小麻将的嗜好，因为他有了女儿。因为有了鞋匠收养弃婴的故事，我们才知道天天所见的鞋匠叫李财云。在这以前，他是人人需要的鞋匠；而在这以后，他将是一个小生命在这世间最温暖的依靠了。

心灵 寄语

一个人可以贫穷，但却不能挡住他温暖的爱心，他愿意用最炙热的心去呵护更加幼小的小生命。

老师的温暖

佚 名

　　我中学时有个同学，家里很穷，每当缴学费的时候就是他心里最难受的时候。他是班上缴学费最晚的一个，且不足百元的学费大部分都是借来的。寒冷的冬季，班上30多个同学都穿着棉鞋，只有他一个人穿着单鞋。由于家庭困难，他的一双单布鞋整整穿了三年，并且鞋尖破了洞，连脚趾都露出来了，整个冬天他的手脚冻得发肿，像茄子一样。这让他一直很自卑，心里总是渴望有一双属于自己的棉鞋。

　　初三那年冬天缴学费时，他家还是借钱缴的。有一天中午当他在教室门外晒太阳，脱掉破了洞的单鞋，挠肿得发痒的脚指头时被班主任发现了。班主任悄悄把他叫到办公室，告诉他由于自己工作失误这次多收了他30元学费，并要把多收的钱退给他。老师拿起他破了洞的鞋在地上磕了磕说："再厚再好的鞋也有破了的时候，再长的路也有被脚走完的时候。你家困难并不是你的过错，这反而是你勤奋学习的资本和动力。只要你好好学习，你家迟早会好起来的。"

　　末了，老师让他用这30元钱买一双棉鞋，不要有什么想法和顾虑。班主任再三叮嘱他，为了维护老师的面子请他不要告诉任何同学，一定替老师保守这个秘密，他郑重应诺。

为人老实敦厚的他回家后告诉母亲说老师退了30元学费，他母亲高兴地跑到邻居家问是否给他们的孩子也退了学费，邻居都说没有这回事。邻居们认为班主任老师欺骗了他们，赶到学校添油加醋地质问校长并汇报这位班主任老师多收费，不公平，有的学生收得多，有的学生收得少。学校调查后发现他的班主任不但没有多收一分钱的学费，反而给一个同学补缴了部分学费。

最后他用老师退的钱买了一双棉鞋，穿上棉鞋后他脚上的冻疮也好了。老师并没有因为他违反了彼此的约定而责怪他一个字。

后来他考上了大学，毕业后到深圳的一家外资公司工作。

有一年春节他回家探亲，我和他聊起各自求学的艰辛之路。他语重心长地说："幼稚的我那时根本想不到老师退学费的真正用意，现在才终于明白了老师的良苦用心。他不是在给我退学费，而是在用他慈父般的心，小心地捍卫我的自尊，勉励我不向贫穷低头啊！尽管那双鞋我只穿了几年，尽管现在我穿着价格不菲的名牌皮鞋，但总感觉没有那双棉鞋温暖。"

最后他说："老师其实不是在给我买棉鞋，而是在给我指引一条不断向上进取的路啊，在我事业陷入困境的时候，我就会想起那个寒冬的中午，想起那双棉鞋，那双鞋必将温暖我一生。其实一双鞋可以改变一个人的命运。现在每逢节假日我都会给老师送去问候和礼物。老师对学费的事只字不提，他总是重复那句话——再厚再好的鞋也有破了的时候，再长的路也有被脚走完的时候。"

听着他的讲述，我的眼眶不由得热了起来。

心灵寄语

老师是花园中的园丁，播撒希望的种子，把我们培育成一片树林，为世界带来一片春色。

友情是棵树

冷 柏

友情更像一棵树，只要你细心，它就可以枝繁叶茂。但这是棵树，有些枝要好好地保护，而有些枝条却要果断地修剪掉，树才能顺利生长。

有一枝叫敏感，它总是放肆地生长着，烦扰着我对朋友的心情。我曾经过于注重朋友对自己的态度，而不关心原因，我总认为友情应是专一的，最好的朋友只有一个，要求朋友对我也同样专一，永远充满热情。无论何时我需要帮助，甚至半夜把朋友从梦里拉起来聊天，她（他）也应毫无怨言，我不允许被朋友冷落，即使高朋满座，也不能把我遗忘……后来，在失去了许多朋友之后，我才明白，友情是默默地关怀。每个人都在为生活奔忙着，只要彼此知道牵挂着对方，有了困难便无条件地帮忙，最少我知道有可诉苦的去处，这就足够了。何必对友情刻薄呢？于是，我果断地砍掉这枝树杈。

有一枝叫抱怨。即使是再要好的朋友也不能忍受对他（她）的抱怨，友情是美好的，但不完美，就像世间的事物一样。朋友之间也难免会有误解或矛盾，每个人都有性格，也许你不会当面指责朋友的错误，但若是到另一个朋友那里去说闲话，那就更糟了。因为你失去的将不只是一个人的友谊。我毫不犹豫地砍下这一枝。

朋友面前还有一枝叫自视聪明。如果你有才华或自视有才华，而且觉得自己很聪明，雄心勃勃，或事业小成，就可以趾高气扬地在朋友面前炫耀，并自恃内行而压制别人的思想，那是非常错误的。因为朋友之间是平等的，当你失败的时候正是他们来安慰你、鼓励你，每个朋友都见过你的落魄和奋斗全过程，并为你的成功而高兴，如今你的狂妄会让人感到那么虚假和忘恩负义，骄傲会变成对友情的轻视，当你认为友谊不那么重要时，它便会悄悄远离了。赶快剪掉它。

再有一枝就叫忌妒。这是人性中的一块阴影。有时，面对朋友的成功我心中除了喜悦之外还多少有些失落的酸涩，这是危险的，那么友谊迟早会出现裂纹。其实一个人的幸福，与朋友共同分享就成为大家的幸福，个人的痛苦分成几份来承担，也就不称其为痛苦了。对之，砍掉吧，别犹豫。

精心修剪之后，我发现友情这棵树只剩下真诚、关怀、信任，快乐地伸展着枝条，旺盛地生长成一片葱郁。此时，我发现树的顶端有一只饱满而红艳的友情果实正高挂着，等我来采摘。

心灵寄语

爱朋友，喜欢朋友，用诚意去对待朋友，但不要依赖朋友，更不要苛求朋友。能做到这几点，你才可以享受到真正纯洁的友情。

破译母爱

罗 西

我对母亲一直耿耿于怀，认为她缺少起码的母爱。

在我的记忆里，母亲完全没有一个慈母的形象。她表情严肃、性格暴躁，容易发怒。我从来没得到过她的称赞，尽管我内心一直希望得到她的重视。

父亲不常在家，她就独揽大权，将家长作风发挥得淋漓尽致，只要我们兄妹中有谁犯错，就一定要跪在神龛前悔过。她的镇山之宝是伙房随处可见的带刺的荆条，抽在身上，麻的、辣的、痛的、痒的，各种感觉俱全。我的兄弟都总结出一套对付母亲的策略，那就是知道自己犯了错难逃责罚后，立即主动跪到神龛前，做后悔莫及状，向祖先保证此后不再重犯，争取坦白从宽。只有我，倔强而任性，只要还站得住，就没有人能叫我跪下。就算心里知道错了，但在母亲面前也绝不流露出悔意，好几次被母亲的荆条伺候得皮开肉绽，但我咬紧牙关，没掉过一滴眼泪。于是，不知从什么时候起，这种酷刑便没再在我身上施行过，大约是因为它失去了威慑作用的原因吧！

稍微大一点儿的时候，我就学会了叛逆，只要是母亲不喜欢的事情，我都愿意去做：我把原本会做的试卷做得一塌糊涂，跟同学打架，和男孩子一起去偷别人的橘子，夏天跑到人家喝水的井里去洗澡，交母亲不喜欢的男朋友……然后从母亲愤怒的眼神里找到一些胜利的快感。母亲常常气得脸色发青，破口大骂，但到我大一些的时候，骂得也少了，便只是叹气，只是阶级敌人般地横眉冷对。她常对人家说我们水火不容，命里是克星。

我们之间的这种清冷的关系一直延续到我26岁。直到自己生孩子的那一天，我才发现自己过去是多么的浅薄和无知。

当我躺在产床上忍受剧烈的阵痛时，母亲生我时在死亡线上挣扎的情景竟电光火石般在我面前清晰起来。听说母亲生我时难产，在没有任何医疗保障的情况下把命运交给了一个乡下接生婆，九死一生哪！可母亲从没有跟我说起过这件事，大概她觉得这并没有什么。

儿子出生同样艰难，医生建议剖腹产，从小连打针都害怕的我突然恐惧极了。这时，丈夫和许多人都在身边，可是我却突然非常强烈地希望见到母亲，尽管我估计是不可能的，因为那天正好是母亲的五十大寿，许多亲友都还在老家替她祝寿呢。

想不到傍晚时年迈多病的母亲竟出现在我眼前。没有半句安慰的话，她只是不咸不淡地说："别嚷嚷，很快就会好的。"然后就站在产床前紧紧地握着我的手。就在那一刹那，从母亲掌心里传来的那点热度让我感动不已，许多温暖的记忆潮水般涌过心头：我仿佛看见她在为我筹备学费而焦头烂额的神情，仿佛看见她深夜还在为我纳鞋底那疲倦的面容，仿佛看见她在夏夜里似无心却有意坐在我身边，为写作业的我驱走轰炸机一般的蚊子……

就在那一瞬间，我突然读懂了母亲：大爱不言，母亲是想用独特的方法教会我如何戒骄戒躁，如何严肃地对待生活，对自己的行为负责任哪！可我，却一直忤逆地与母亲作对，这对她的心灵该是多么严重的伤害啊！

直到现在，母亲的爱还是那么独特：当我把自己学习或工作上的成绩告诉她时，她还只是淡然一笑，可我知道不久左邻右舍都会知道；当我帮她买一件哪怕花钱极少的衣服时，她都面露不悦之色："不要学会乱花钱，我衣服多着呢！"可之后她穿得次数最多最爱惜的一定是那一件；

当我给她买些小点心的时候，母亲总说不好吃，可等有客人来时她一定会拿出来招待，并告诉别人："可好吃呢，我闺女买的！"

后来我离家远了，每次写信回家，母亲在回信中一定写道：别常写信，耽误了工作。可听父亲说，我的每一封信她都是隔天隔天地拿出来戴着老花镜看了又看；每次我打电话回家时，她总是那句话："我好着呢，别打久了，浪费电话费！"可只要我不收线，电话里从来都不会出现忙音……

而我，现在终于知道，母亲的爱就如一纸布满无数密码的电文，想要破译它，必须有一颗成熟而懂得感恩的心哪！

破译母爱，让我更珍惜生活，让我更容易体悟人间的真情！

心灵 寄语

母爱是一片阳光，即使在寒冷的冬天也能感受春天的温暖；母爱是一泓清泉，即使心灵岁月里风尘蒙沙，也能让你清澈澄净；母爱是一株树，即使季节轮回也固守家园，甘愿撑起一片绿荫。

只为了看你

阿 姣

很多人都说他们最悲伤的时刻是对他们所爱的人说再见的时候。而在亲眼所见我的儿媳谢丽尔在她母亲临近死亡前长达六个月的痛苦经历后，我觉得最悲伤的时刻应该是等待说再见的过程。

谢丽尔经常要花两个小时的行程过去陪伴母亲。她们花上一下午的时间进行祷告、安慰、放松，并且反复讲述着她们共同的回忆。

当她的母亲病情加重时，需要更多的药物才能使她镇静下来，谢丽尔在那好几个小时里就静静地坐在她母亲的床边，看着她。

每一次她走之前，都会亲吻母亲的脸颊表示告别。她母亲清醒的时候都会流着眼泪对她说："我很抱歉，你开车这么远过来，在这儿坐了这么长时间，可是我甚至无法醒来和你说说话。"

谢丽尔就对她说："别担心，这没什么的。"可是她的母亲还是感觉让她失望了，每次告别都要道歉。直到有一天谢丽尔发现了一种方法可以让她的母亲放心，而这种方法是她母亲以前对她用过许多次的。

"妈妈，你还记得我高中时参加了篮球队吗？"谢丽尔的母亲点点头。"你经常开车去那么远的地方，坐那么长时间在那里看比赛，可是我甚至都没有离开座位上场打一次球。每一次你都会一直等到比赛结束，而每一次我都感觉很内疚并且对你道歉，因为又浪费了你的时间。"谢丽尔轻柔地拉着她母亲的手说。

"你还记得，你对我说的是什么吗？"

"我说，我不是来看你打球的，我是来看你的。"

"而且你的确就是那个意思，是吗？"

"是的，的确是这样。"

"好的，现在我也要对你说同样的话。我不是来听你说话的，我是来看你的。"

她母亲明白了，微笑着又沉入了梦乡。

她们的这些个下午就这样静静地度过了，一天天，一周周，一月月。她们的爱充满了言语之外的整个空间，直到那最后的一天。她们在静寂中互相安慰，在相互的注视中给予并接受着爱。

爱的力量是这样强大，即使在她们最后一次道别之前长久的深深的沉寂中，谢丽尔和她的母亲仍然能听到彼此无声的爱。

心灵 寄语

爱深深地埋藏在心里，然后慢慢地升华，直至融入彼此的心底，感受着，温暖着。

不敢离开

周海亮

　　突然接到通知，需要加班两小时。女人给男人打电话，告诉他要晚点儿回家。男人说，嗯，我也刚下班，在路上，你大约什么时间回？女人刚想告诉他还得两小时，手机没电了。

　　终于下了班，女人匆匆往家赶，她想这时男人一定候在客厅，空调开得很暖，餐桌上还摆了温热的饭菜。想到这里，女人加快了脚下的步子。突然，在离家二十多米远的地方，她看到了男人。他站在黑暗里，只是一个模糊的轮廓。女人轻声说，嗨！男人就走过来，说怎么现在才回？男人正发着抖。天很冷，夜风穿过衣服，一点儿一点儿地把他吹透。

　　女人说你在这里干什么？男人说有条沟，早晨还没有呢，可能在抢修煤气管道，他们也不亮个警示灯……你得从这边绕过来。男人领着女人绕过那条沟。女人说你等在这里，就为了告诉我这儿有一条沟？男人说是。他们低头上了楼，声控灯忽明忽暗。女人突然觉得男人像一个热恋中的男孩儿，寒风中，正忐忑不安地等着他的心上人。

　　进了屋子，男人急急地去开空调，急急地从冰箱里掏出冻鱼冻肉。女人愣了一下，说，你一直没回家？等了两个多小时？怎么不先回家取取暖？男人说万一我回去的时候，你也刚好回家路过那里呢？沟那么深……晚饭想吃红烧肉吗？女人说回趟家添件衣服，不过两三分钟，你怕我在这两三分钟内回来？男人说是呀是呀……吃不吃红烧肉？

女人有些感动。好像男人并不像热恋中的小男孩儿。他是一位深沉细心的父亲。女人走过去，从男人的手上抢过围裙。突然她发现男人咧着嘴巴，眉头轻轻地皱了一下。女人忙撸开他的裤腿，她发现男人的膝盖已经破了。女人说你快去找个创可贴贴上。男人笑笑说不用了，早长痂了……我说你到底吃不吃红烧肉？

爱情，原来不是那种年年月月天天时时分分秒秒的相守，它只是在某一个时刻某一秒钟的坚守，不敢离开。

心灵 寄语

爱情让人如同小孩子般执着，为了心中的爱人，可以疯狂地去做任何事。

浪费了一整天

刘宇婷

　　昏暗的阁楼里，一位老人正弓着腰靠近小窗边的一摞纸箱。他拂去几缕蛛丝，把最上面的箱子朝光亮处倾斜，然后开始小心翼翼地搬出一本又一本老相册。他昏花的双眼满怀期待地搜寻着要找的东西——故去多年的爱妻的一张照片。

　　他默默地、耐心地开启了这尘封许久的宝藏，很快便沉浸在记忆的海洋里。虽然妻子走后，他的世界并没有停止运转，但是在他心中，过去比孤独的现在更为鲜活。他把一本落满灰尘的相册放在一边，从箱子里拽出一个本子，看起来像是已成年的儿子小时候的日记。他不记得曾经见过它，也不记得儿子有过这样一本日记。怎么妻子总喜欢保留孩子们的旧东西？他摇了摇头。

　　翻开发黄的纸张，他粗略地扫了几眼，嘴角便不禁泛起了微笑。读着读着，他的眼睛变得明亮起来。这些文字似乎在对他的灵魂说话，清晰而甜蜜。这是一个小男孩儿的声音，他正是在这所房子里长大的，而他的声音这些年来已逐渐淡远……在阁楼的寂静里，一个6岁孩子纯真的文字如魔法般将老人带回到几乎遗忘的岁月。

　　一段又一段记录激起了他心中对情感的饥渴。然而，这渴望却夹杂着愈来愈

强烈的不安与痛楚，因为他发现，儿子朴实的叙述竟与自己的回忆大相径庭。怎么会这样？

他想起了自己保留多年的一本工作日记，于是带着儿子的日记本转身走下阁楼，来到书房。

他打开书橱的玻璃门，伸手取出一本旧工作日记，然后转身在写字台旁坐下来，把两本日记并排摆好。

他翻开自己的工作日记，目光落在一段显眼的记录上，因为和别的日子的日记相比它异常简短。那里工工整整地写着："和吉米钓鱼浪费了一整天，什么也没钓着。"

他深深地叹了口气，用颤抖的手拿过儿子的日记，找到了相同的日期——6月4日。一行潦草的大字重重地写道："和爸爸去钓鱼了。最开心的一天！"

心灵 寄语

在孩子的世界，他们的想法和大人是不一样的，或许因为陪他们，我们浪费了很多时间，但却给他们带来了很多的欢笑。

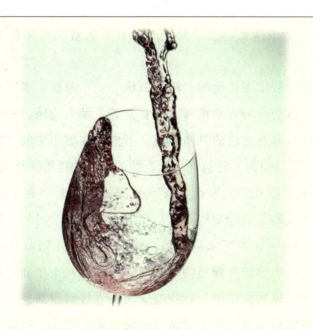

友谊是醇香的水酒

艾 琳

经常在无聊的时候，打开手机的电话簿翻一翻，不一定会打电话，我只是默默地念一遍名字，然后想想，我和他（她）之间……我知道，电话簿里除了亲情，最多的还是友谊。只是，亲情一直没变，而友谊总是在不断地更新。

也偶尔翻一翻抽屉里那几本豆腐块大的纸质电话簿，这时才想起，朋友的名字已换了很多很多。其实，友谊和人生中其他许多事物一样，总是在得与失之间循环着。

当一段友谊失去之后，我常常会想一想，是什么原因促使它消逝的？如果是我的错，我先会自责，然后以此为教训；如果是朋友的错，我也只能在无奈中感到遗憾，而且从中可以学到宽容的快乐；如果是因为时间、环境等自然因素造成的，我想我会很珍惜那段逝去的友谊，我会在独处的时候细细回忆那段美好的时光。

生活中，我是一个随和低调的人，不喜欢与人争夺名利，也从不记仇，但我特别注重心灵的沟通，所以许多友谊来得快也去得快。倒不是那些朋友不真诚，而是这现代化的生活太匆忙，大家要忙着赚钱，忙着填补那越来越大的欲望缺口。

现代化的生活导致了现代化的"快餐友谊"。小时候，老师总是教导我们，友谊也是一种爱，也是一种奉献精神。同甘共苦、助人为乐、和睦相处等，这些历史悠久的优良传统都是友谊的具体体现。虽然现在城市中的"快餐友谊"也有那些优良传统的影子，但似乎已被许多商业性的因素冲得很淡很淡。

我很欣赏我父亲那一辈的友谊。父亲爱喝酒，平时一有空闲，就邀上三两个朋友来几杯。让我印象最深刻的是，每年冬天没事儿的时候，他们总会聚在一起，围着烤火炉，暖一壶乡下水酒，炒一两碟小菜，比如黄豆、花生米等，一边聊些田间农事，一边津津有味地喝上几口……父亲几十年如一日的农村生活很平淡，但从他喜闻乐见的性情中，我知道父亲一直过得很惬意。我曾把父亲接到城里居住，但我发觉他老得很快。父亲说，城里不好玩儿，没老朋友跟他说家乡话，没老家醇香的水酒喝，就连冬天到了也没人围在一块儿烤火。我送他回去后，他又显得健康了许多。对于父亲来说，在老家，他最大的爱好就是跟朋友喝酒，可当他离开故土后，这个唯一的爱好也就没有了。我终于明白，当友谊逝去，剩下的也许就只有孤独了。

所以说，真正的友谊应该是属于心灵的，人们可以从中得到慰藉、快乐、幸福，它是永恒的。即使逝去，它仍然可以用回忆来维系，也许你连他（她）的容貌也记不清了，但它早已嵌入了你的灵魂之中，成为你延年益寿的一个因素。

心灵 寄语

缺乏真正的朋友乃是最纯粹最可怜的孤独，没有友谊则此世不过是一片荒野。

可以依靠的肩头

秋水无痕

　　她爱他，但不能确定是否会嫁给他。似乎，嫁给他有些不甘心，因为他不可能给她非常富足的生活。他知道她的想法，也并不要求她什么，只是一如既往地爱着她，呵护她。

　　他们上下班正好可以乘同一路公交车，没有特殊情况，他便会来等她，然后一起坐公交车回家。她总是磨磨蹭蹭到最后才离开办公室，她不希望别人看到她的男朋友不是开车来接她，而是接她去乘公交车。他心里明白，但不计较。

　　那天，她因为连着忙了几天，很累。上了公交车后不一会儿，就困得摇摇晃晃地打起了瞌睡。他尽量把身子站稳，一手抓着吊环，一手揽着她的腰，让她的头靠在他的肩上，以便她睡得更安稳。

　　过了几站，有了两个座位，他扶着她坐下，她靠在他的肩上继续睡。

　　这一觉竟睡得很香，等她醒来一看，车早已过了他们要下的那个站。她委屈又生气地问他："你也睡着了？怎么坐过站了都不知道？坐车都能坐过站，还能指望你什么？"他宽厚地笑笑。她愈发生气地嚷道："我讨厌你总是傻笑，连吵架都吵不起来，这日子太闷了。"

　　正在她无理取闹的时候，后座一位老妇人道："姑娘，你可冤枉你男朋友了。他可没睡觉。售票员问他下不下车，他说你这几天很累，好不容易睡着了，就让你好好睡一会儿。他连动都不舍得动一下，这么体贴的男朋友你还不珍惜？"

她脸红了，车进站，他们下了车，跑到对面再往回坐。她的手被他握着，她第一次觉得，有一个可以踏实地依靠一生的肩头，才是最重要的，这和坐的是公交车还是宝马无关。

心灵 寄语

爱情在平淡中才最能得到考验，渐渐地爱情将升华到更加坚定，更加纯洁的情感中。

永生难忘的感动

莉莉·莲安

何金根家靠养牛为生，所以很小的时候何金根就学会了放牛。

何金根家有一头牛叫"阿黄"，又瘦又高，它是何金根认识的第一头牛，彼此还有着很深的感情。

何金根还记得第一次放牛时的情景，父亲把牛牵了出来，把缰绳递到何金根手中，指了指远处的山，让他到那里去放牛。

何金根望了望牛，又望了望远处的山，那可是何金根从未去过的山呀，何金根有些害怕了，跟爸爸说："我不认得路啊！"

父亲说："你就跟着阿黄走吧，阿黄经常到山里去吃草，它认得路的。"

于是，何金根就跟着阿黄向远处的山走去。上山的时候，何金根走得很慢，不一会儿就被阿黄落在了后面，何金根怕迷路，紧紧跟随着阿黄，浑身都湿透了。阿黄似乎很通人性，回头望见主人离它很远，便停下来等主人。

何金根也越来越喜欢和信任阿黄，慢慢地他把阿黄当做了自己的朋友。

每次上陡坡的时候，阿黄都拉着何金根往上爬，何金根也非常感谢阿黄。

很快地，何金根与阿黄就熟了，有了感情。

有一次何金根不小心摔了一跤，膝盖磕破了，疼得何金根趴在地上直哭，这

时候阿黄走了过来，用鼻子嗅了嗅何金根，后腿弯曲下来，它要背何金根回家。

阿黄把何金根驮回家，这时天早就黑了，母亲在门外焦急地等待着，看见牛背上的何金根，不住地流下眼泪。那天晚上，母亲特意给阿黄喂了一些麸皮，表示对它的感激。何金根的心中也充满了对阿黄的感激之情，他非常感谢这个老伙计，在他处于困境的时候帮助他。

后来何金根要去城里上学，只能和阿黄告别了，再后来何金根听说阿黄死了，据说是有一次夜里独自上山吃草，从半山腰摔了下来。后来何金根回到家，去当年阿黄驮他下山的地方拜祭它。何金根呆呆地站在那里，凝望着自己摔跤的地方，脑海中都是阿黄那又瘦又高的身体，何金根闻着泥土的气息，回想着和阿黄一起度过的美好时光……

因为阿黄的离开，何金根学会了感恩，他感激现在所拥有的一切，他领悟到了人生的真谛，他的生活因此而变得丰富多彩。

心灵 寄语

感恩，使我们在失败时看到差距，在不幸时得到慰藉、获得温暖，激发我们挑战困难的勇气，进而获取前进的动力。

感恩地爱着

晓　丹

一次，在某电台的采访节目里，一位家庭幸福美满的女作家与听众互通热线。女作家问：你觉得男人和女人最重要的品质是什么？听众说了一大堆：善良、优雅、漂亮、财富等。女作家全部否定：不，你说的都是次要的，最重要的是，人要有一颗感恩的心。所谓感恩，就是记得别人对自己的点滴帮助。这说起来简单，做起来难，而能做到的人更是少之又少。

在一次聚会上，一位文友当着众人的面滔滔不绝地夸起了妻子。他曾有过一段短暂的婚姻，单身十几年后遇到了现在的妻子。他说：妻子不让他干一点儿家务活儿；给他买高档衣服，自己却穿着简朴；善待他的家人；专门学了一套按摩手法，在他累了时给他按摩；在他入睡后替他剪脚指甲……夸妻子的时候他眼里闪烁着泪花。

后来，我把这故事讲给身边的朋友们听，很多人的第一反应是：他是不是每一分钱都上交？我很诧异，这个感人的故事和上交钱有啥关系。可事实的确如此，这个男人不管家庭财政。朋友们说：那就难怪，这是女人该为男人做的嘛，男人养家嘛！我很想告诉他们，那个男人的收入其实不如老婆高，可是我忍了忍，终究没有说。我想，即使我说了，他们也会反驳：那一定是他老婆不够漂亮怕被甩，或这男人一定很帅很会哄女人。不会有人从这个故事里听到另外的声音。

不知从何时开始，爱情和婚姻被模式化了。男人就该养家，在累死累活、人事倾轧中浮沉。胜者，养活一大家子，这是责任；败者，就该跑了老婆丢了孩子，不会有人怜惜。女人就该照顾家，把家收拾得干干净净，将丈夫孩子公公婆婆伺候到位。女人享受男人的物质，男人享受女人的体贴照顾，即使得到很多，仍觉得对方为自己做得不够，更不会感恩于对方，一颗沉浸在爱里的心逐渐变得麻木、迟钝，甚至牢骚满腹。

这个外表粗糙的男人，有一颗细腻感性的心，他能体味妻子对他无微不至的爱，我也相信他的妻子能为他付出一切，是因为他肯定也同样为她付出了全部。爱从来都是相互的，可是他却绝口不提自己的好，只夸耀自己的妻子。他记得她点点滴滴的好，觉得自己怎么报答也不够。

没有谁注定欠了谁的，所以要照顾你哄你爱你一辈子。因此我们要学会感恩地爱，默默地回报，就像溪流的两岸，彼此牵手相依偎，爱情才可以细水长流。

心灵 寄语

爱情是一场公平的比赛，没有谁欠谁多一点儿。所以我们唯一要做的就是学会用一颗感恩的心完成这场爱情的竞赛。

爱的包裹

母亲给予我们的爱远远超过我们的回报，然而母亲却仍然一如既往地付出着，因为母爱是不要求回报的，在她们的心里只有孩子。

贴在门上的眼睛

游 睿

张刚摸出女朋友雯儿的照片看了看，他发现雯儿的脸比自己记忆中还要美。就快一个月了，在这所一阵风就能刮垮的学校里，张刚没有给雯儿打过电话，不是不想打，而是学校压根就没电话。临走的时候张刚对雯儿说："我就去一个月。"雯儿问："一个月你不回来呢？"张刚说："准回来，我本来就不想去，要不是我爹妈逼我，我一天也不想去。"雯儿说："一个月你不回来我就不理你了。"张刚点头说："准回来！"

想到马上就可以回去见雯儿了，张刚乐了。他关了门，捧着雯儿的照片，躺在床上。张刚想做一个梦，在学校的这些日子，他一有空就想做梦，这里没有电话，没有商店，没有朋友，没有想有的一切，唯有一张可以做梦的床。

正在这时，张刚突然发现寝室门上的破洞里竟然有一只眼睛正朝里面张望呢。

张刚顿时觉得一股凉气从脚底迅速爬上头顶。他咳嗽了一声，算是给自己壮壮胆，然后怯怯地问了一声："谁？"那只眼睛马上不见了。

张刚又给自己壮了壮胆，然后猛地一把拉开门——门外空空如也。

他有些慌了：刚才明明看到了一只眼睛，怎么就没人呢？是不是跑了？那他又是谁，他在看些什么？他越想越复杂，越想越害怕。重新躺在床上，张刚却再也睡不着了。

约莫过了十几分钟，张刚抬起头，发现那个小洞里又有一只眼睛在往里面看。这回张刚没有犹豫，他跳起来，一把拉开门，但还是晚了。张刚没有看见是谁，不过，却看到了一个小小的背影，很明显那是一个学生模样的背影。通过这个背影，张刚排除了一些可怕的想法。他断定，这人可能就是自己的学生之一。

可是张刚还是不能平静。就算是自己的学生，那么他想看什么？带着这个问题，他立刻就想出了一个办法：他把红色的粉笔用水浸泡了一阵，然后在那个小洞边沿涂了一圈。只要谁再把眼睛贴在门上看，他的眼睛上就会留下红色的痕迹，到时候我就知道他是谁了。

这回，张刚放心地躺下了，而且很快就做了一个梦，梦见雯儿和自己正在甜蜜地拥抱呢。梦醒之后，他发现那个门洞上依旧有一只眼睛。他不慌不忙地打开门，径直走进教室。

坑坑洼洼的教室里，学生们或坐或站。看见老师进来了，教室里顿时安静下来。张刚站到讲台上说："请大家把头抬起来。"张刚想，这下可以知道是谁了。

他一说完，教室里五十多个学生一下子都把头抬了起来，睁着大眼睛看着他。张刚把目光在他们脸上搜索了一遍——他想找到那个眼睛上有红色痕迹的学生。可是他发现，五十多个学生的眼睛上都有红色的痕迹。

"这是怎么回事？你们都在老师的寝室外看过吗？你们看什么？"张刚忍不住有些生气了。

教室里静悄悄的，没有一点儿声音。所有学生都低下头，一言不发。

"说呀！你们要看什么，想看什么？"

半晌，终于传来一个怯怯的声音："老师，我们就想看看你寝室里那些城里的东西。"

"城里的东西？"张刚一下子蒙了，"我寝室里除了台灯和一些再平常不过

的用品外还有什么？台灯你们也没见过？"张刚觉得简直好笑——原来学生们一直要看的就是这些。

"没有……"又是低低的回答。

张刚看着低着头的学生，再次回忆起他们在门洞上看里面时的眼神。突然，张刚感到心里被什么东西猛地撞了一下，撞得生疼，撞得他眼睛里禁不住有了泪花。张刚放低声音说："看吧，看吧，以后你们想看就到我寝室里面来看，好吗？"

三天后，张刚给雯儿写了封信。信里有一幅画，画的是一个破门洞上贴着一只大大的眼睛。张刚在画下边写了一句话："雯儿，我对不起你，因为我舍不得离开那一只只大大的眼睛。"

心灵 寄语

孩子们的天真是我们心灵的慰藉，当你在无数个难以睡去的夜晚，想起那一张张笑脸，就会露出开心的笑容。

一个烂苹果

亚 萍

父亲去世早，母亲一个人在乡下。

我和妻子商量着准备把她接过来一起住，但她离不开故土，离不开邻居乡亲，一直不愿出来。我想那就每年接母亲出来玩一段时间，她总是说："我都这把年纪了，就待在家里，不出门了。你兄弟的活也很忙，我在家可以帮帮他。"

于是，每逢过年过节，我总要抽出时间回老家看她。老家在山区，比较穷，每次去我都要买些漂亮的苹果回家。母亲从来没有见过这么漂亮的苹果，她感慨："这苹果这么漂亮，叫人怎么下得了口呢？"

前不久，母亲说想来看一看孙子。我把她接来，又上街去买了些苹果放在家里。那天我又特地为母亲削了一个苹果，递给她，她说："我不喜欢吃这些零食，你们吃吧，我只要有一日三餐就足够了。"

等篮子里剩下最后一个苹果的时候，我发现已经开始有点儿烂了，正当我准备扔到垃圾袋里的时候，母亲赶紧拦住我："这要是在老家，那些小孩儿能吃到这种苹果，夜里都能笑出声来。"

于是她自顾把皮削了，吃了起来。一边吃着，嘴里还一边呢喃着："这苹果真的是又好看又好吃呢。"

我看着，心里堵堵的。

偶然与朋友说起此事的时候，朋友问我："你长这么大，看到过你母亲吃苹果吗？"我倒真没有认真注意过此事。仔细回想一下，几十年过去了，除了这个烂苹果外，我真的没有看到过母亲吃过苹果。而每次我们吃苹果时，母亲总是坐在边上看着，非常开心地看着。

这时，我感觉眼中一热，泪水止不住地往下流。

心灵 寄语

母亲总是把最好的留给我们，把无私的爱给了我们，温暖着我们的心灵，抚平一切创伤。

许个愿吧，妈咪

苏珊·法尔法恩龙

那是我28岁的生日，而我却极度沮丧：生活一片黑暗，未来黯淡无光。

那时，我刚刚离异，独自抚养着两个年幼的孩子——6岁大的儿子尼古拉斯和5个月大的女儿玛亚。而且玛亚一直生着重病，正读大学三年级的我不得不休学在家。

我停止了与外界的一切联系。由于刚搬到犹他州，还要努力适应那里冬天的严寒和风雪。可是天气偏偏和我作对，整个月大雪纷飞，每次出门都是一次与大风雪的艰苦搏斗。这一切更增添了我的与世隔绝和孤苦无依。那是怎样一个孤独、困苦而绝望的冬天，沮丧对我来说也已经成为自己的第二本性，我已经记不起来我最后一次大笑是什么时候的事情了。

生日的前一天，我牢骚满腹，远离那些曾经一度共同欢度生日的朋友们，独自承受着痛楚。没有宴会，没有礼物，没有蛋糕，甚至连一个祝贺的电话都没有……

那天晚上，我安排孩子们入睡时，绝望的阴云一直笼罩在我的头顶。尼古拉斯用他小小的、圆圆的胳膊紧紧地搂着我的脖子说："妈咪，明天是你的生日，

我都要等不及了！"他的蓝眼睛因为巨大的期望而闪闪发光。

对儿子的祈盼，除了亲亲他粉红色的小脸蛋做答外，我无言以对。

生日的当天早晨，我正准备着早餐，忽然从我们小小的起居室里传来声音，我确定是尼古拉斯起床了。接着，我听到他对玛亚说的话："今天一定要让妈咪笑哦。"

他的话一下子击中了我，没想到自己的坏情绪竟如此之深地影响到孩子们。孩子们正尽他们最大的努力设法为忧伤的妈妈做点儿什么。一刹那，儿子的体贴令我泪流满面。在小小的厨房里，我双膝跪地，祈求上帝宽恕我的无知。

我尽力让笑容浮上脸颊，然后走进起居室。然而，我再次呆立在了原地：尼古拉斯坐在地板上，玛亚坐在她自己的毯子上挨着她的小哥哥，在他们的面前堆着一堆礼物。

我张大嘴巴，吃惊地望着儿子，"生日快乐！"他可爱地咧着缺了牙的小嘴儿，我脸上惊愕的表情让他自豪。"妈咪，我给了你一个惊喜，对不对？"

尼古拉斯对我讲起了"一美元"商店采购的事。我忽然记起：那天，他告诉我他要花掉他所有的储蓄，那是他上幼儿园时攒的零花钱，已存了好几年。我当时甚至想责骂他一下子就花光了数年来用心积攒的储蓄，但我没有。我记得那天他把购物袋紧紧抱在胸前时发出的"咯咯"笑声，但我从来没有想过购物袋里的惊喜竟是给我的。

这些就是对我的赐福，而自己竟对此曾表示怀疑！忧伤从我心中飞走，赐福的感激之情溢满我心。

我小心翼翼地打开了每一件礼物：一只手镯，一条项链，又一只手镯，洗甲水，又一只手镯，我最喜欢的棒棒糖……这些精心挑选的礼物，这些来自幼儿园零花钱的每一件礼物，全都用礼品袋悉心包装过，它们是我收到过的最珍贵、最美丽的礼物。

最后一件礼物是尼古拉斯最喜欢的，一个蜡制的生日蛋糕，上面用假糖霜写着："我爱你！"

"你无论如何都应该有个生日蛋糕，妈妈。"我那聪明无比的小男孩儿告诉我。然后，他开始用他那稚嫩、甜美的小男孩儿的童音为我演唱生日快乐歌。

"许个愿吧，妈咪！"他坚持要求。

我凝视着我的小男孩儿闪着光的蓝眼睛，却想不出一件需要许愿的事。

"我已经实现了我的愿望，"我悄声说，"那就是你们！"

心灵 寄语

孩子们的爱是对母亲最大的爱，天下的母亲都希望自己的孩子可以健健康康的生活，那就是他们最大的愿望。

爱的包裹

碧 巧

在我来苏州工作以前，母亲是不会寄包裹的，也没有寄过包裹。有一年的春节，在新加坡定居的姨妈寄来当地的时令水果。母亲拿到包裹后，首先看到包装盒上的邮资25美元，这是一个她无论如何也接受不了的数字。母亲一边嘟哝着豆腐变成肉价格，一边心疼着姨妈花去的钱。我吃着那些形状古怪，色彩绚丽的热带水果，心里嘀咕着：母亲未免显得太小气了吧。

去年夏天，从学校毕业，我离开家来到了苏州，8月的天气，潮湿闷热。到用人单位报到，找房子，搬行李……一大堆的事接踵而来。对饮食的不习惯和初来对环境的不适应使我开始觉得浑身不舒服，躺在床上，头晕目眩，四肢乏力。晚上母亲打来电话，问到一日三餐的事，我抱怨苏州的菜太甜，无意间流露出想吃母亲做的泡菜。没想到过了几天，我收到了从家里寄来的包裹。寄件人一栏是母亲规规矩矩的名字，我甚至能想象得到母亲第一次寄包裹写下自己姓名时那种神圣而虔诚的样子。打开包裹，盒子中间是结结实实装满泡菜的瓶子，瓶子的四周被细心地塞满小块的棉花。当我几乎是等不到粥冷，就着泡菜一口气喝下第三碗粥时，我顿时发现全身通达舒畅，五脏六腑和谐熨帖，真是说不出来的惬意。原来，母亲的包裹可以是一剂良药，一服下去，药到病除。

第二次接到母亲的包裹是10月的某一天，早上路过传达室，看门的老头儿叫住了我并递过来一个包裹。当一件鲜红的毛衣抖落在我的面前时，我才恍然大悟：今天是我24岁的生日。毛衣里还飘出了一张信纸。母亲问我最近怎么样，是不是工作很忙，也不给家里打电话。直到此时，我才发现自己对母亲的关爱是多么的疏忽，那些为不能打电话回家而找的借口是多么荒唐可笑。母亲的包裹可以是一面镜子，照出了我的卑微，也照出了母亲那颗高洁的心。

过年，我因为单位值班不能回家。母亲寄来好多我最爱吃的牛肉干，没想到大受欢迎，被同事们一抢而空。打电话告诉母亲，电话那头的她满心欢喜，说再寄来。果不其然，几天后，又是一个沉甸甸的包裹放在了我的办公桌上。

前两天打电话回家，母亲的腰椎病又犯了，我说买点儿药寄回家，母亲突然又变得唠叨和固执起来，说寄费太贵省点儿钱——世界上有一种爱永远只求给予，不求回报，那就是母爱。

心灵 寄语

母亲给予我们的爱远远超过我们的回报，然后母亲却仍然一如既往地付出着，因为母爱是不要求回报的，在他们的心里只有孩子。

母爱的宽容

静 松

在钢筋水泥的城市生活久了，人与人之间的情感变得是那样的淡漠，那样的冷冰冰，就像钢筋水泥的城市。

下班之后，我准备一个人坐公交车回家。那天下着雪，天气很冷，街上的行人都急匆匆地赶回亮着灯的家。

在公交站牌下，等了很久，公交车仍没有来，在我恶狠狠地骂着鬼天气和这个城市的交通时，一个背着蛇皮袋的中年妇女从一辆公交车下来，到了站牌下，走来走去，像要转车的样子。

公交车来了一班又一班，站牌下的行人越来越少，中年妇女仍没有坐车走。这个站牌下的公交车除了我所要坐的那路车没有来之外，其他车次的公交车都过去了不止一辆，我想中年妇女肯定和我坐一路车。20分钟过去了，站牌下的那一块儿地方的积雪被中年妇女踩得光溜溜的。该死的公交车还没有来，中年妇女仍在东张西望地走来走去。

　　我所等的公交车终于来了，我想等她上车之后我再上，但她没有上车，我有点儿奇怪。这路车她不坐，那她还坐哪一路呢？最后一班公交车缓缓地发动了，我没有坐，我想看看她到底想坐什么车。天有点儿黑了，中年妇女仍在不停地走来走去，神情还是那么专注，像是在走自己的人生路。

　　10分钟过去了，来了一个骑自行车的少妇。少妇像我一样骂了骂鬼天气，然后问中年妇女："妈，你来多长时间了？"

　　中年妇女慈祥地笑着说："刚到。"看来，这是母女俩。中年妇女，不，母亲丝毫没有责备女儿的意思。

　　"路上碰见了一个朋友，聊了一会儿。"少妇冷冷地说，"我以为你到了一会儿了，没想到你也刚到。"少妇没有怀疑母亲的话，她没有看到母亲头上厚厚的积雪，也没有看到站牌下被母亲踩踏得滑溜溜的那一小块地方，少妇没有丝毫的愧疚。

　　我想提醒少妇，母亲在这样寒冷的雪天里，已经等了她半个多小时，可该怎么说呢？正在我思考之间，少妇又冷冰冰地说："也没有公交车了……"

　　"没事，咱们骑车回去。"母亲仍旧是一脸的慈祥。

　　"你看，路这么滑，也没法儿带着你……"少妇的话像冷冰冰的风吹得我打了几个寒噤。

　　"没事，我在后面跟着……"母女俩走了，女儿在前面骑着车，母亲一路小跑地在后面跟着……

　　我被震撼了，我震撼于母亲的宽容，在寒冷的雪天里等女儿30多分钟却说1分钟也没有等，在母亲看来，等女儿再长时间也是天大的应该。我震撼于少妇的冷漠，公交车是没有了，你不可以打个出租车，让母亲享受一下出租车里的温暖？即使说你没有带钱、路滑、交通规则不允许而不能带着母亲，你不可以让母亲坐上自行车，你推着她走？退一万步说，你不可以推着自行车和母亲一块儿走？

钢筋水泥改变了城市，城市淡漠了人与人之间的感情，也淡漠了儿女和母亲的感情，但母亲对儿女的感情却是亘古不变的，即使钢筋水泥的城市变成完全钢筋的城市，母爱仍旧是宽容的。

心灵 寄语

城市遍及了钢筋水泥，而人们之间的感情也慢慢变淡了，孩子们对母亲是那么的冷漠，然而不变的还是母亲的爱。

深爱无痕

芷 安

第一次见到他是在深秋，满眼都是飘零的落叶。我的心也如季节一样渐渐凉了。

当我把苦恋了三年的阳正式带到父母面前时，母亲对于眼前这个出身农村的苦孩子没有半点儿好感。那时的阳又黑又瘦且极不善言辞，母亲冷冷的，只有一句话："你们死了这条心吧！"

那段日子里，我在母亲的泪水和唾沫里漂浮。阳很固执，不肯退让半步。常常在星期天坐上一小时的车赶来，在母亲的白眼的探照之下看看我就走。

我心中很苦，一边是生我养我的双亲，一边是疼我爱我的恋人，都无法割舍，常令我心烦意躁。而阳居然求我一定去趟他家。他说就做好朋友吧，他母亲从来没有走出过大山，没见过城里的闺女，就算了却她的一个心愿吧。

我知道阳很心疼他母亲，他母亲很苦，没念过书，自己的名字也不会写，3岁死了娘，13岁死了爹，没有依靠，孤苦伶仃，靠自己的刚毅撑到19岁，招了个老实的穷后生上门做女婿，成了家，仍受村里人欺负，有一次为争水，被村支书的儿子打破了脑袋……

看阳讲得很动情，我心里也难受，去就去吧，算是去看看他那苦命的母亲。

阳的家里很穷，但我没想到会穷得如此彻底：几间土砖屋空荡荡的，只有两张床，一张方桌，四条长凳，两个斑驳得如同出土文物似的屉柜。

阳的母亲并不像我想象中那么瘦弱：黑黑红红的脸，矮矮的身体，粗粗大大的手脚，浑身散发着阳光和泥土的气息，唯有从她已斑白的头发中能寻找到几缕辛酸与艰难。她的嗓门又高又亮，隔着几间屋子都能听到她与阳说的"悄悄话"："这妹子生得好，水葱似的招人疼。"

晚餐很丰盛，鸡肉、鳝鱼、豆腐摆了一桌子。我最喜欢吃那碗用茶油煎的又香又焦的大鳝鱼，可我不太会吃，桌上骨头依然是一条鳝鱼的模样。阳笑我不会吃，把又香又酥的骨头扔了，倒是她护着我："骨头刺口，她又没吃惯。"阳便撕了鱼肉给我，自己嚼骨头。

农村的夜晚很静，能听得见树叶落地扑扑的声音，山里冷得早，秋虫早已没有了动静。我的身体一直较虚弱，一年四季手脚冰凉。

我悄悄上床，唯恐把早睡的她吵醒了。没承想，她竟然摸索着抱住了我的脚，用她那粗硬而温暖的手掌抚摸着我："哎呀，这么凉。"我能感觉到她手掌上一条条凸起的纹路，似老松树的皮。

"我的手割人吧？"也许是我羞涩地缩脚让她误会了，她一把将我冰冷的脚紧紧地搂在了她柔软的肋下……

那个夜晚我睡得很沉，梦里尽是五彩缤纷的落叶如蝶一般憩在我身上、脚下，温暖而清香。

后来，我找了一个适当的机会，把暖脚的故事讲给母亲听。母亲听了半晌无言，只是长长地叹了一口气。从那以后，再也没见她对阳白眼相加了。

也许，母亲更理解母亲吧！也许，母亲也有了一份感动吧！叶落虽有声，深爱却无痕啊！总之，一年之后，那个秋夜替我暖脚的粗朴的农妇真的成了我的婆婆。

心灵 寄语

母爱是人间最好的表达，母爱是互通的。天下间最了解母爱的莫过于那些母亲们，她们都在无声地为着自己的孩子而活着。

因为爱你

雪 翠

一天放学时，班主任朱老师说，本周星期六上午开家长会，每位家长都必须
到会。每次期中考试之后，朱老师都要召开一次家长会。朱老师还说，这次会议
很重要，能增进老师与家长的交流，准确掌握学生的思想动态。

家长会当然要公布每一位同学的成绩。但小琴怕开家长会，并不是她考得不
好，而是这次家长会她爸爸不能来。

朱老师问："谁的家长不能来，请举手。"小琴犹豫再三后，还是把手举
了起来。老师问："前几次你爸爸不是来了吗？为什么这次不能来？""我爸爸
外出工作去了。""那叫你妈妈来吧！""不，不。"小琴有些急了，说，"我
妈妈不能来，因为……她从未参加过这样的会议。"老师笑了，说："这不是理
由，叫你妈妈一定要来！"

小琴回到家，妈妈正在做晚饭，尽管她忙得不可开交，但还是向小琴做了个

"我爱你"的手势。以前小琴高兴地回妈妈一个吻，或者说："我也爱你。"可是这时，小琴只看了妈妈一眼，目光就慌忙地躲开了，一句话也没有说，低着头走进了自己的房间。

小琴的妈妈是聋哑人，所以每次都用手来表示她很爱小琴。小琴是爱学习的女孩儿，平时只要坐下来就投入到课本中去。可是这天一个字也看不进去，看见书上的字就像密密麻麻的蚂蚁，心里乱极了。咚咚，是妈妈在敲门，小琴忙收回心思，开门见妈妈做了个吃饭的手势，就起身来到饭桌边。妈妈做了很多小琴喜欢吃的菜，可小琴一口也吃不下去。妈妈见状，摸了摸她的头，小琴忙说："没事，只是心里有点儿不舒服。"妈妈没太在意。小琴看着妈妈，妈妈长得很漂亮。小琴听爸爸说，妈妈生下她后就得了重病，以后就再也不能说话了。

小琴轻轻叹了口气，在心里对妈妈说：明天就要开家长会了。我多么想让你参加，可又不能让你去。如果同学们知道你是一个聋哑人，会怎样看我呢？更重要的是，不能让你受到伤害——我们班的同学最会取笑人了。

到了周六的上午，家长们按时来到教室，坐到自己孩子的座位上。规定的时间到了，朱老师走上讲台说："各位家长，再耽误你们几分钟，还有一位家长没到。"小琴趁等待的时间数了一下，有49位家长到了，班上有50位同学。朱老师说的莫非是……小琴想到这儿不由得紧张起来。

就在她忐忑不安时，教室门口出现了一位漂亮的中年女子。妈妈！站在门口的是妈妈。她怎么会来？小琴压根儿就没告诉妈妈今天开家长会。

"赵琴同学，请把你妈妈领到你的座位上去。"朱老师说道。小琴面红耳赤地向妈妈走去，妈妈向大家打了个手势。"赵琴，请把你妈妈的手语翻

译一下。"小琴先是一愣，然后说："我妈妈向大家问好并道歉。她迟到了一会儿。"

大家立即明白这是一位聋哑妈妈，都报以友好的微笑，还热烈地鼓掌欢迎。小琴走到妈妈面前，轻轻说："您怎么来了？"妈妈脸一红，做了一个手语，意思是："因为爱你！"

小琴的眼眶一下子潮湿了，怕自己流下泪来，忙转过身去，牵着妈妈的手走向那唯一的空位。

母亲的心永远是在孩子的身上，哪怕没有语言的交流，但仍然可以领会到孩子们的心意。

山顶上的母亲

雅　枫

　　母亲踏着暮色，大老远赶来看我时，我正在养牛场忙着收购青草。一冬的干草料，吃得奶牛们口舌生疮。领导说再不收购些青草回来，怕是我们的牛儿也得抹"宝宝霜"喽。

　　尽管如此，听说母亲来了，领导还是给了我半天假。

　　养牛场近旁有座山，传说是张献忠被围剿的最后避难地。张献忠全军覆没后很长时间，山上还插着许多飘扬的旗帜，当地人便称它为"插旗山"。又说，晴天的时候，从成都西门望出来，也能清晰地看到山的轮廓。

　　母亲和我的想法不谋而合，我们决定第二天去那山上看看。

　　从养牛场到山脚约七八里路。我准备借辆车搭母亲前往。母亲说：山里人有车不容易，都有用场。能自己解决的问题，为什么要去麻烦别人？我还走得动，咱娘儿俩就走路去吧。你要怕误了回程，我们明儿早点儿动身。

　　母亲是倔强的。她说要走路，我就是借到车，她也不会搭的。

　　橘红色的朝阳从东边升起时，母亲和我已走在山路上了。不时有野鸡受惊飞起，偶尔还有一两只山鹰从头顶掠过。母亲说："没有骑车是对的。这样走着，多好。"母亲边走，边尽情地展开双臂，贪婪地呼吸着清新的空气。

这让我觉得，母亲身体虽已近暮年，心态却仍年轻。

一条弯弯曲曲的羊肠小道引领着我们。母亲一直走在前面，脸不红，气不紧的。倒是我，要不时停下来喘几口气。到半山腰时，似乎没路了，风也陡然大起来，吹得树枝呜呜地响。我突然有种怕怕的感觉，看母亲仍颇费周折地寻路前行，我便说："回去吧，没有路了。"说着便转身要下山。母亲气恼地吼道："秋，回来！你怎么能说回头就回头？"

其实，我是怕累坏了母亲。毕竟一大把年纪的人了，累着了不好。母亲似乎也明白了我的忧虑，便温和地说："做事不能没有恒心哦，我们不是到山腰了嘛，看不到别人留下的路，就不能走出一条自己的路来？"

我只好继续跟随她登山。母亲在前面，用一根树枝拨开杂草，我在后面用手分开灌木。我们的脚步越来越慢，但山顶还是越来越近。

看到山顶那棵又高又大的榕树时，山越发陡峭了。一面巨大的石壁直直地横在我们眼前。只在泛着青苔的岩石上，隐约有些刚好能放下手指或者脚趾的小坑。我说："行了吧，路这样难走，咱们还是别上去了。"母亲说："怎么不上啦，不是已经看到山顶的树了吗？走，跟我上去看看。"

说完，就用双手抠住石壁上的小坑，一点点抬脚上移，脚蹭进小坑，定一下身子，然后再换手，抬脚，定身，像爬梯子样，慢慢上升着。那徐徐挪动的身影牵引着我的目光。"你真不想上来吗？"临近山顶时，母亲回过头来，嗔视着我。

我冲她一笑，也学着她的样，手足并用，跟在她身后向山顶爬去。

再一次沐浴着初春的阳光时，我们终于到达了山的最高峰。虽然回望刚才攀缘的山崖，仍阵阵心悸，但山顶的风光也真是迷人。视野开阔，连绵不绝的远山尽收眼底，蓝蓝的天上那悠悠的白云在我们头顶游移着，仿佛一伸手就可以摘下一片。

"秋，这不就上来了吗？如果半路退回，能看到现在的风景？"母亲说，神情里透着喜悦和骄傲。一滴滴晶莹的汗水被阳光映照得像珍珠般缀饰着她的脸

庞。

    山顶风大，吹得母亲的衣袂和头发飘飘扬扬，像旗帜一样。这使她凝神远望的侧影显得格外刚毅、不屈。突然想起插旗山的得名，想起母亲大半生的坎坷经历，心里蓦地涌起一阵颤动，为生命的悲壮和尊严。

    回想起登山路上母亲的坚持，这才恍然有所惊悟：原来，母亲是用她的执着和坚强向我诠释着生命的另一种内涵。

心灵 寄语

    母亲用自己的一言一行教导着我们，从母亲身上，我们可以领略到生命的内涵。

感动母爱

沛 南

繁忙的工作和生活，也许让我们已经错过了生命中很多宝贵的东西，那些看起来很正常很普遍的，在无意之间稍纵即逝，某一天，不经意回头，猛然发现这些年来丢失的东西太多太多……

一位年轻的母亲有一个五岁女儿。一天下午，母亲在阳台上洗衣服，女儿开了门下楼去和小朋友玩耍。阳台上的母亲直起腰对着头也不回的女儿说了声"小心一点儿"，又继续她的工作。

女儿和小朋友们玩捉迷藏，他们开心的尖叫声和嬉闹声让母亲觉得今天的阳光特别灿烂。母亲哼着歌儿洗完衣服，又去厨房准备晚饭。

母亲听着女儿偶尔发出的一声笑声或者尖叫声，心里觉得异常踏实。待母亲哼着歌儿做完饭，再愉快地走到阳台上对着下面喊女儿的名字时，却发现整个院落都空荡荡的。

母亲心里不禁紧了一下，她喊女儿的声音越来越大，也越来越急。母亲换上鞋，迅速跑下楼，在院子里转了一圈——应该是跑着找了一圈。但是，女儿那熟悉的身影和声音好像突然从世界上消失了一样。

母亲跑向大门，她想：女儿一定跑到外面去了！一不留神，踩上一块石头，母亲仿佛听到了骨头错位的声音，一股钻心的疼向她袭来，母亲哼了一声，蹲在地上，脱下高跟鞋提在手上，咬紧牙关，又向前跑去。

这时候，我碰巧从外面回来。这位母亲带着哭腔急急地问我，是否看见她的孩子了？我摇摇头，看见她衣衫不整的样子，我也急忙和她一起去找寻她的女儿。

一会儿，有个小孩儿跑来说，她女儿刚从楼上下来呢，他们依然在玩捉迷藏。这位母亲长长地松了一口气，眼泪止不住地流了下来，人也像虚脱了一般，一拐一瘸地往回走。

我站在楼下，看见她轻轻地牵过女儿的手，艰难地上楼，慢慢地开门进去，直到听见响亮的关门声，我才回过神来，一转头，一大滴泪珠从眼眶掉了下来。

心灵 寄语

母爱可以战胜一切的痛苦，哪怕伤痕累累，但深深的母爱也会抑制住那种痛楚。

装满母爱的疙瘩

静 珍

母爱，其实在凡俗的生活中，正是以一些芥微小事来震撼我们的心灵。

幼时，村里人家多有桃树。花开花落，桃熟时的欢乐与丰实让我迷醉。我孤独起来，渴望能拥有一株桃苗，看它开出粉粉的花，从花里结出青青的果……那天，我忐忑着说出了这个小小的心愿。母亲笑啦："傻孩子，这也算个事？待会儿我给周阿姨说说，她家桃苗多。"

几天后，我问母亲找周阿姨了吗？母亲看我一眼，没答话。我再三追问，依然无言。固执的我哭嚷起来，母亲才止住我："周阿姨提了个条件，让我帮她小儿子做双棉鞋。"闻言，我呆住了，为一株桃苗给人家做棉鞋，这个代价也太大了些。要知道，工厂没日没夜地加班，属于母亲自己的时间已经很少。

那些时日，母亲更显憔悴了，当我早已入梦，母亲尚坐在昏暗灯光下，一针一针地扎鞋底：她的手被针线勒得紫胀，指头上戳满了针眼。有天，母亲扎着扎着疲倦得趴在小桌边睡着了：待她醒来，一不小心从凳子上滑下，重重地跌在地上，额头瞬间一条2厘米的血口，母亲旋风般奔进室内，生怕被我看见……

天明，母亲上班时特意戴顶太阳帽，可还是让人发现了，主任见状大笑。在众人的追问下，母亲只好如实说出，一拨儿妇人沉默了。不一会儿，大家七嘴八舌地责怪周阿姨贪心，周阿姨赔着笑脸说："那句话是开玩笑的。"

那天晚上，周阿姨脸上挂着歉疚送来了两株桃苗。惊喜万分的我用两只小手不停地抚弄着，想象着小树苗怎样长大、开花、结果。而我的欢乐没能感染母亲，她依然表情淡淡地忙碌着……

多少年过去，我来到了城里，幼时的桃苗风波便成了一种美好回忆。在日日忙于计算前程、加快步履的匆匆之中，点点滴滴的母爱便成了我穿越尘嚣的灵魂依托。

今年，母亲患病住院治疗。我知道不是三两天的事，所以母亲的饮食便成了大事，为此我们兄妹几个约好：妹送早点，哥送午餐，我送晚饭。

日复一日，成打成打的票子交给了医院，可催款单依然来得很勤，大家的心沉沉的。而我，又沉得特别些，因为晚餐是最重要的，而生病的母亲口味极刁。为了让母亲吃得可口些，我力求品种更新，今儿烤鸭，明儿乌鸡，后日排骨汤，护士还建议炖点龟甲什么的，好不容易做好了，母亲却皱着眉每样才尝那么一点儿……

那些时日，办公室、菜市、银行、医院日日穿梭，使我倍觉生活的沉重。母亲见我表情抑郁，每次吃饭时便刻意地多吃几口，间或悲观地说这病恐怕难以医好。我忙打起精神安慰："妈，会好起来的，待病好了我还要吃你做的面疙瘩呢。"听我这么一说，母亲的眼睛渐渐比先时亮了，脸上的皱纹也渐渐舒展开来。

次日下午，我拎着菜推开病房，见母亲床头柜上的电热杯里正冒着气。一看，煮面疙瘩。见我吃惊的样子，依然虚弱的母亲漾着笑说："你不是想吃这个吗？"

此时，我能说什么呢？心

里有种温暖像灯光一样弥漫开来，我的双眼似蒙上一层透明的纸，不敢想尚需扶墙走路的母亲，是怎样一步步地移下楼，穿马路过街对面去买面粉的……

窗外，纱一样薄蓝的天色渐渐转暗，再过些时日，将远赴西安出差的我，一定不会把这碗装满母爱的面疙瘩忘记。

心灵 寄语

母亲哪怕是身患重病仍然会为了自己的孩子而去努力，孩子们的心愿就是她们最大的事情。

温暖我一生的冰灯

父亲可以想尽一切办法去完成孩子的心愿，是一种叫作爱的动力驱使他们完成了很多伟大的东西，看到孩子的笑容，他们也会很快乐。

永恒的爱

谷 曼

母亲是什么？母亲是赋予我们生命的女人。普天下最平凡的是母亲，最伟大的也是母亲。

也许你在青春年少时，并不能完全理解母亲那细微的言谈举止中所蕴藏的深深柔情，直到你也为人父母了，才渐渐开始明白，母亲的爱是自然挥洒的，流露在生活的细节中。

很小的时候，就听老师讲过一个关于影子的故事，这是一件很小很小的事，经过了这么多年，仍旧带给我一种最深切的震撼。

在一个炎热的夏日，太阳很毒，一位母亲带着她幼小的孩子行走在一条没有树荫的道路上。她们走了很久，又累又渴，孩子坚持不住，边走边哭，而母亲则不停地安慰他，尽管口干舌燥，还是使劲地往孩子的脖子里吹气。后米，孩子大概真的热得受不了了，便不肯再往前走，母亲丝毫没有考虑，用一只手掌罩住孩子的头，一个巴掌大的影子始终跟着孩子的脚步。那孩子似乎也受到极大的鼓舞，感觉不那么热了，因为他的头上顶着一片绿荫，一片母亲用爱心营造的绿荫。

　　那个孩子就是日后的老师，他经常讲起这个故事，眼睛里总闪过两点亮晶晶的东西。无怪乎，在人记忆深处珍藏的永远是母亲，她给予我们的感动实在太多。

　　母爱的价值究竟有多大？这只怕非言语所能表达，母亲的爱已化作无私，已化作圣洁。怀胎十月的艰辛，母亲不仅给了我们生命，还树立了人的品格。人最初的感知者就是母亲，从诞生的那一刻起，就精心呵护着我们，启蒙教育的熏陶，使我们理解了人性的美德。

　　我一直忘不了1998年抗洪救灾时听说的一件真实的事。洪水袭来时，墙倒屋塌，一位母亲好不容易找到一个木盆借以逃生，但她发现这个木盆无法承载两个人的重量，她的身边还有她的一个孩子，不谙水性的母亲毅然把孩子放入了木盆中，自己跳入了滚滚洪流。母亲死了，而留给孩子的却是生的希望。

　　这就是母亲崇高伟大的爱。一旦儿女发生任何危险，母亲宁愿自己受苦，也要保护儿女，哪怕是献出自己的生命。儿女是她生命的延续，是她心灵深处的最爱，只要儿女们快乐地活着，就是母亲最大的快乐。无怪乎，任何一个人，不管他身居何处，永远也忘不了母亲的养育之恩。那是母亲用点点血汗，尽自己努力为儿女们开辟了一条条前进的道路。

　　母亲的爱是永恒的，绝不会在中途抛弃自己的儿女，无论是男是女，是美是丑，都是她身体的一部分，乃至是她精神的寄托。当儿女们快乐或痛苦的时候，最先想到的总是母亲，母爱是人生最大的动力及依仗。

　　在第二次世界大战时的法国，有一位儿子告别母亲，踏上了战争的征途。他驾驶着战斗机转战各国，母亲几乎每天都会写封信寄给儿子，言语中充满了鼓励。儿子从母亲一封封寄出的信里感到了勇气与力量，作战十分勇敢，终于成为战斗英雄。战争结束后，当他回家看望母亲时，母亲却早在他踏上征程三个月后就已去世。母亲三年中给他写的所有信件是母亲临死前全部写好后交给一位朋友代寄

的。儿子明白后一下子扑倒在母亲的墓碑前，再也无力站起。

母亲是一本历史书，她将爱深深地铭刻在翻开的记忆中，蘸满浓烈的血肉亲情。只有站在历史与现今的交会点上，才能读懂母亲那颗真挚的心。无怪乎，要把母亲比作苍天，比作大地，比作一切美好的事物。因为母爱属于整个人类，是人类文明的起点。

心灵寄语

母亲总是无私地为孩子们付出，她们愿意把一切都给孩子，哪怕是在生命的最后，心里仍然装着自己的孩子。

不说话的秘密

平 南

父母是在我读初中时离异的。父母离异后，我随了母亲。其实在一定程度上，父亲走这一步，就在于母亲一天到晚地唠叨。后来我才知道，母亲得了一种属于更年期引起的多语症。

离婚后的母亲依旧整天唠叨个不停，特别是在我上学前、放学后，因为有了我这个"倾诉"的对象，母亲唠叨起来更是没完没了。我不止一次地请求母亲住住嘴，但无济于事。

后来母亲意识到这是病症后，也曾到医院就诊，但因无特效药，母亲的唠叨还是时好时坏。那年中考，一向成绩优异的我没有考上重点高中！这一结局把母亲惊呆了。

高一开学后的一个星期天，母亲突然由唠叨变得一言不发，我和她讲话，她总是把背对着我，不理我。看到母亲一反常态，我吓坏了，以为她受了刺激精神失常，便多了个心眼儿留神观察。我看到母亲嘴里经常鼓鼓的，像是含了什么东西，便拉着母亲问。母亲被逼不过，只得张开了嘴：原来母亲在嘴里含了一副拳击运动员专门用来护齿的牙托！

　　母亲说，为了改掉唠叨的毛病，她尝试了许多种办法，最后选用牙托塞嘴这个办法。"我就是做哑巴，也要改掉这个坏毛病！"母亲充满信心地说。母亲的行为深深地打动了我，每当我学习倦怠时，每当我遇到学习中的拦路虎时，就会想起母亲的牙托！于是，就勇气倍增。

　　在这种亲情动力的驱动下，三年后的我创造了普通高中考上清华大学的奇迹。

　　或许就在发现母亲不说话的秘密的那一天，我才真正了解了母亲。因更年期引起的多语症确实没有什么特效药可治，然而在伟大的无私奉献的母爱面前，它却显得不堪一击！

　　一副小小的牙托竟能发出如此化腐朽为神奇之伟力，多年后的我仍不禁为母亲的煞费苦心和顽强毅力所感动。

心灵 寄语

　　母爱伟大，母亲为了孩子可以忍受很大的痛苦，但她们仍然心甘情愿地去无私付出。

心中的车

雅　青

　　20年前的那个7月，对我来说是真正的黑色，极度虚弱的我坐在母亲的那辆木架车上，眼见火热的太阳是黑色的，去考场的乡间泥路是黑色的，被汗水与希冀浸湿的准考证是黑色的，木架车那痛苦沉闷的吱呀声也是黑色的……

　　而唯有母亲的一颗心，鲜红滚烫，珠玑明丽。母亲说，人一生，天天桩桩都是考试，好坏都得去考哩！泪水便弥出我目光的栅栏，天地一片汪洋。

　　7月，高考，我对于母亲是多少年翘首企盼着的一次心海日出啊？母亲陪着我读啊读啊，充满血腥的寒窗下，母亲为我掌灯，为我熬药，为我端汤，为我捻发纳鞋，为我清袖擦汗……只要我一不出血，母亲便用那辆载着我四处求医的木架车奋力推着我去学校，上早学，接晚学，顶酷暑，冒风雪，母亲没有一声叹息没有一点儿怨气，有的是满脸洋溢着的自慰与自信，有的是那木架车吱吱呀呀对母亲与岁月的吟唱。

　　"血友病"一次又一次地把我逼向生命的低谷，一次又一次地将我按在病榻与死神共舞。母亲规定了我的人生食谱：一是吃药，二是读书。母亲说，吃药治病，读书治命！

"笼鸟上天犹有待，病龙兴雨岂无期？"这是母亲坚定的理想和对命运茹血的叩问。我发奋读书，也就成了母亲理想的通道和叩问命运的重锤。母亲是多么地渴望着病残无度的儿子这样读下去，终于会"有一碗文化饭吃"，找到一个栖歇儿子无尽伤痛的处所，找到一个承受生命之重的地方啊！

"吱吱呀呀……"木架车绵延不断地诉说着母亲的心思，也辗轧着母亲一句句浓重的叮嘱。"吱吱呀呀……"从小学到初中，从初中到高中，木架车便成了母亲携子出征的一辆战车，成了高高横亘在厄运头顶的一支长矛，也成为我不屈人生的一种描述。

少年辛苦终身事，莫向光阴惰寸功。十年寒窗，子规啼血，木架车的每一声"吱呀"，都化成我学习的每一句催促，都糅成了我生命的每一个音符。

终于走到了7月的门槛，终于拼到了高考的城脚，然而就在这个节骨眼儿上，病魔却大施暴行，我的腿关节突然大出血，肿得如水桶一般，我疼在腿上更痛在心里，眼前一片黑暗。面对7月的门槛，面对考场我竟虚弱得没有一丝血色，没有一双健腿去迎击啊！

母亲却不容我退缩。母亲说："儿子，不急，再坏的路妈扶你走。"她默默地擦拭着木架车、打着气、准备着干粮，只等开考那天鸡叫三遍就背我坐上木架车，涉河过冈，吱吱呀呀，挥汗弓背地朝着考场、朝着那个我黑色中的亮点推进……

名落孙山之后，我终于愧然而败。人生的路因我变得更为泥泞，终于有了王子哈姆雷特那样的生死沉吟。母亲便火了，拍着木架车道："咱不上大学，路不照样走？走好走歹要对得起这架木车！"母亲这一凶，却凶出了我的一腔斗志，穿越黑色的7月，我掬心舔情、捉笔蘸血开始了楔入我生命的写作，母亲便又是一路推着我去看病、采风、买书、寄稿，木架车吱吱呀呀，依然如歌。

男儿一片气，何必五车书！我的写作终于有了起色，成了一名残疾人作家，告别母亲进城当了国家干部，直至架着双拐站在了人民大会堂"全国自强模范"的领奖台。但那辆木架车每时每刻都在我心中滚动着、吱呀着、吟唱着，载着母亲的理想，成为我风雨人生坎坷路上精神与意志的永远推动……

心灵寄语

每个母亲都希望自己的孩子可以无忧无虑地生活着，希望他们可以适应这个残酷的社会。

懂　你

冬　瑶

　　还在我牙牙学语的时候，爸爸就和妈妈离婚了。爸爸不要妈妈，也不要我。我成了没爹的孩子。

　　后来，一个男人从北方背着两床棉被就来到了我和妈妈相依为命的家。他就是我的继父，有着北方人的强壮和刚烈，可惜大字不识一个。好在干农活需要的是力气，于是，继父用他那宽宽的肩膀支撑着和妈妈新组合起来的家。

　　妈妈让我叫他"爸爸"。那个时候，我什么都不懂，我想当然认为这就是我的爸爸。爸爸话不多，显得有点儿木讷，对于童年他是否给了我很多的关爱，我已经找不到任何的记忆。也许是爸爸不善于表达感情吧，包括后来的弟弟也没有在父亲怀里留下过温馨的回忆。

　　直到上学后，我从小伙伴那里得知我的爸爸并不是我的亲生爸爸，但那时的我没有跑去向妈妈哭闹，我把这个才知道的秘密小心地珍藏在自己的心里。

　　由于年龄的增长，懂得的知识越来越多，我有点儿看不起我的继父，学校里面的什么事情我都不愿意跟他说。渐渐地我发现他对弟弟特别严格，而不怎么过问我的事情。我心里明白我不是爸爸亲生的。

　　学校里面开家长会，每次我都要妈妈去。我怕不认字的继父连我的名字都写不出来。每次要交钱，我总是跟妈妈要，尽管妈妈还是向继父要，但无论怎样我都开不了口。我无法跟继父亲密起来，也许这都是因为我不是他生的。

　　家里只有几块田地，由于我和弟弟都相继读到了初中，家里的日子更加窘迫。我经常看到继父和妈妈在他们的房间里面叹气，但我不能做什么，只能是把书读好。

　　终于，继父在亲戚的介绍下去城里打工，他回来时，带了很多钱回来，妈妈笑弯了腰。我没有对继父说过一句感谢的话，尽管他出去都是为了我们，我想这是天经地义的事。

　　后来，我和弟弟相继也进了城读书，继父为了挣到更多的钱，从天没亮就忙起，晚上还加夜班。偶尔来学校看我们一次，他在我和弟弟面前吹嘘挣钱有多容易，未经世事的我们就当真了，目不识丁的继父竟有这么能干，我不再那么小看他了。于是我们在学校里面花钱如流水，没有钱的时候给他打个电话，继父就会迅速地给我们送来。

　　直到有一天，我的同学说她想去我爸爸工作的地方买点儿东西，于是我们约好一起去请爸爸帮忙。到了那个市场里面，我就在各个豪华的办公室里搜索继父的身影，但依然找不到我的继父。于是我问了一下看门的老头，他指着一个大货车说："这不，你爸爸在车上下货，他可是我们这里最吃得苦的，你长大可要好好孝敬他。"老头的话我没有听完，脑子里面已经乱做一团，原来继父瞒着我们做这么辛苦的工作来供我们读书。

　　那时，我已经顾不得同学的惊讶和疑惑，径直走到货车前，总算看到了继父忙碌的身影和疲惫的身躯。我想喊，但我的喉咙被一种莫名其妙的东西卡住，顷刻间我泪流满面。

　　那一刻，我才真正读懂继父，他的善良，他对我们的宽容，他对我的爱。从那以后，我不再肆意地浪费继父挣的钱，每次拿到带有汗味的钱，我都在想里面不知浸透了他多少汗水和心血。我开始尊敬我的继父，他像是一座山一样高不可攀，直到那次我才读懂了他。

几个星期后回家，我把继父的事情跟妈妈说了。妈妈不动声色地说："你爸爸叫我不要告诉你们。他对我说他在里面扫的垃圾，可以用十个车子来拉。他的大手已经磨得开裂，每次回来，我看着他的手，都心疼地掉下眼泪。孩子，将来你可要好好报答他！"

我一头倒在妈妈的怀里，放声大哭。我是不幸的，因为一生下来就被父亲抛弃。但我又是幸运的，因为我遇到了这样一位无声无息疼爱我的继父。继父用他那羞涩的爱默默地为我撑起一片无雨的天空，我幸福快乐地奔跑着。

心灵 寄语

父亲的爱是无声的，他们只会默默地为孩子付出，不需要孩子的回报，他们仅仅希望带给孩子们需要的帮助。

洋葱里的爱

妙 枫

小时候，我第一次学做家务，帮妈妈剥洋葱，一边剥，一边就流眼泪。妈妈看见了，教我把洋葱放在水里剥，果然眼睛就不流泪了。从此我记住了，剥洋葱是要放在水里的。

许多年过去了，我也结了婚。没想到的是，婚后不久，妈妈却因心脏病突发去世了。葬礼上我和妻子都哭了，可爸爸像没事一样。我想：爸爸心真硬！心里不由得生起一股怨气。

无论怎样，他是我爸爸，我是他的独生子。我和妻子经过商议，便把爸爸接到自己家里住。老人不愿意闲着，便帮着我做点儿家务。好几次我回家，都看见爸爸在剥洋葱，一边剥，一边流泪。

我告诉爸爸，洋葱是要放在水里剥的。爸爸笑笑，下一次，还是这样。从此，我们家一个星期总要吃上一回洋葱。

我从来不知道，爸爸原来这么喜欢吃洋葱。

儿子第一次学做家务，也是剥洋葱，我坐在客厅里，听到妻子教儿子怎么剥，我听着，不由微笑起来，想起妈妈。

一晃就是几十年，父亲早已去世。我也老了。儿子从一个黄口小儿变成了事业有成的成年人，他也结了婚，生了子。

去年，相濡以沫的妻子去世了，我变成了孤家寡人。偌大的房间显得空空荡荡，我便常常呆呆地坐着，不知干什么好。

我不敢想起妻子，一想起来我就想哭，可又不能哭，这么一个老头子哭，多丢人。

儿子把我接到他的家里。有一天，儿媳买了些洋葱回家。

我帮着剥洋葱，眼睛痒痒，泪就下来了。儿子看见，告诉我，洋葱是要放在水里剥的，我笑笑，不动。

忽然之间，我明白了我的爸爸。

心灵 寄语

身为一个男人，父亲需要把无尽的爱与痛深深地埋在心里，就算是再大的痛，也不能痛快地表达出来，所以身为孩子要学会理解自己的父亲。

父爱的高度

靖　翠

好多年都没有看过露天电影了。

记得小时候，家在农村，那时电视、碟机这类玩意儿在乡下压根就没见过，更别说是享用了。所以要是逢有哪个村子放电影，周围十里八村的人就都赶着去，在那露天地里，黑压压的一片，煞是壮观。

那时父亲还年轻，也是个电影迷。每遇此等好事，就蹬着他那辆老"永久"自行车，带着我摸黑去赶热闹。

到了电影场，父亲把车子在身边一撑，就远远地站在人群后边。我那时还没有别人坐的板凳腿高，父亲就每每把我架在他的脖子上，直至电影结束才放下。记得有一次看《白蛇传》，骑在父亲的脖子上睡着了，竟尿了父亲一身，父亲拍拍我的屁股蛋子，笑着说："嗨！嗨！醒醒，都'水漫金山'了！"

一晃好多年过去了，我已长得比父亲还高，在人多的地方，再也不用靠父亲的肩头撑高了。

春节回家，一天听说邻村有人结婚，晚上放电影，儿时的几个玩伴就邀我一同去凑热闹。我对父亲说："爸，我去看电影了！"

父亲说："去就去嘛，还说什么，又不是小孩子了！"

"你不去？"

"你自个去吧，我都六十几的人了，凑什么热闹！"

来到电影场，人不算多，找个位置站定。过了不大一会儿，身边来了一对父子，小孩儿直嚷嚷自己看不见，如多年前父亲的动作一样，那位父亲一边说着"这里谁也没你的位置好！"一边托起孩子骑在了自己脖子上，孩子在高处咯咯地笑着。

我不知怎么搞的，眼睛一下子湿润了。这么多年了，我一直在寻找一个能准确代表父爱的动作，眼前这一幕不就是我找寻的结果吗？

想起了许多往事，再也无心看电影。独自回家。

敲门，父母已睡了，父亲披着上衣来开门，"怎么这么早就回来了，电影不好？"

看着昏黄灯光里父亲花白的头发和那已明显驼下去的脊背，我的泪一下子涌了出来，什么也没回答，只是把自己身上那件刚才出门时父亲给披上的大衣又披到了他单薄的身上。

是啊，父亲一生都在为儿子做着基石，把儿子使劲向最理想的高度托，托着托着，不知不觉间自己就累弯了，老了。

我知道，这一生，无论我人生的坐标有多高，都高不出那份父爱的高度，虽然它是无形的，可我心中有把尺啊！`

心灵 寄语

父亲为了自己的孩子累弯了腰，看着孩子们一天天地长大，就是他们最大的快乐。不论你多大，在他们眼中，你都是父亲的孩子。

温暖我一生的冰灯

雅 青

总有一些东西，是岁月所消融不了的。

8岁的那一年春节，我执意要父亲给我做一个灯笼。因为在乡下的老家，孩子们有提着灯笼走街串巷过年的习俗，在我们看来，那就是一种过年的乐趣和享受。

父亲说，行。

我说，我不要纸糊的。父亲就纳闷：不要纸糊的，要啥样的？我说要透亮的。其实，我是想要玻璃罩的那种。腊月二十那天，我去东山坡上的大军家，大军就拿出他的灯笼给我看，他的灯笼真漂亮：木质的底座上是玻璃拼制成的菱形灯罩，上边还隐约勾画了些细碎的小花。大军的父亲在供销社站柜台，年前进货时，就给大军从很远的县城买回了这盏漂亮的灯笼。

我知道，父亲是农民，没有钱去买这么高级的灯笼。但我还是想，父亲能给我做一个，只要能透出亮就行。

父亲说，行。

大约是年三十的早上，我醒得很早，正当我又将迷迷糊糊地睡去时，我突然被屋子里一阵"吱吱"声响弄醒了，我努力地睁开眼睛，只见父亲在离炕沿不远的地方，一只手托着块东西，另一只手正在里边打磨着。我又努力地睁了睁眼，

159

等我适应了凌晨有些暗的光后，才发现父亲手里托着的是块冰，另一只手正打磨着这块冰，姿势很像是在洗碗。每打磨一阵，他就停下来，在衣襟上擦干手上的水，把双手放在自己的脖子上暖和一会儿。

我问："爹，您干啥呢？"

父亲说："醒了！天还早呢，再睡一会儿吧。"

我又问："爹，您干啥呢？"

父亲就把脸扭了过来，有点儿尴尬地说："爹四处找废玻璃，哪有合适的呢，后来爹就寻思着，给你做个冰灯吧。这不，冰冻了一个晚上，冻得正好哩。"父亲笑了笑，说完，就又拿起了那块冰，洗碗似的打磨起来。

父亲正在用他的体温融化那块冰呢。

看着父亲又一次把手放在脖子上取暖的时候，我说："爹，来这儿暖和暖和吧。"随即，我撩起了自己的被子。

父亲一看我这样，就疾步过来，把我撩起的被子一把按下，又在我前胸后背把被子使劲儿掖了掖，并连连说："我不冷，我不冷，小心冻着你……"

末了，父亲又说："天还早呢，再睡一会儿吧。"

我胡乱地应了一声，把头往被子里一扎，一合眼，两颗豌豆大的泪珠就流进棉絮里。你知道吗，刚才父亲给我掖被子的时候，他的手真凉啊！

那一个春节，我提着父亲给做的冰灯，和大军他们玩得很痛快。伙伴们都喜欢父亲做的冰灯。后来，没几天，它就化了，化成了一片水。

但那灯，却一直亮在我心里，温暖我一生。

心灵 寄语

父亲可以想尽一切办法去完成孩子心愿，是一种叫作爱的动力驱使他们完成了很多伟大的东西，看到孩子的笑容，他们也会很快乐。

最咸的蛋炒饭

夜 薇

　　父亲很少下厨。这事儿应归咎于我那烧得一手好菜的母亲对他的纵容。几十年来，父亲在厨房里只有过寥寥数次的"表现"机会。也真难为他能将每一盘菜都折磨得色香味形一塌糊涂，而且无一例外地挥"盐"如土，咸得我猛往肚子里灌水，活像烈日下拉车的骆驼祥子。

　　五分自知之明，三分乐得清闲，加二分不思进取，父亲"君子远庖厨"已经很多年了。但他那特色鲜明的菜肴风味，尤其是多年前的一顿蛋炒饭所留给我的记忆，至今难以抹去。

　　13岁那年的我突然不可救药地厌学，同时物以类聚地结交了不少热血沸腾的"狐朋狗友"。在13岁的天空里，道德与法律的空气是稀薄的。周润发演绎的一个个快意恩仇、街头喋血的银幕故事，点燃了懵懂少年心中的英雄情结，真是"老房子着了火——没得救的"，一些天真而荒唐的错误就那么发生了。然后，当然是被发现了！东窗事发的我被迫转学到离家50里外的一个县城中学。

　　我自由落体般的堕落速度让一向以我为傲的父亲目瞪口呆，一生好强的母亲更是气得病倒了。父亲破天荒地没有揍我，只是每天沉默寡言地照顾着憔悴的母亲，勉力经营着咸得发苦的一日三餐。压抑的气氛让心虚的我喘不过气来，于是当其他同学尽情享受双休日时，我却在热切盼望每一个周一的来临。

　　某个周一的早晨，我顶撞了父亲几句，早饭也不想吃，就匆匆搭乘班车赶回学校，肚子里装着一副富有叛逆精神的辘辘饥肠。

第二节课快要结束的时候，我发现有同学向教室外探头探脑地看；循着他们的目光，我看到父亲来了。他显然不想打扰正在上课的老师，所以只是静静地站在窗外，手里还捧着一个很大的白色搪瓷杯，杯口上用橡皮筋蒙着一小块报纸。

然而，老师终于发现父亲了："您有事吗？"我垂下头，耳畔隐约传来父亲的声音："……早晨没吃饭……孩子胃不好……送点儿饭……"我暗暗埋怨父亲"真鸡婆"，害得我在同学面前好没面子！

"你来干什么？我又不饿！"我气呼呼地面对着父亲，毫不掩饰心中的不耐烦。他像是没有注意我的语气，一边将搪瓷杯递给我，一边抹着额头的汗水："早晨怎么不吃饭？你妈担心你饿了又胃疼，非让我给你送来。喏，蛋炒饭。还不凉，你趁课间吃吧。唉，在外面住宿，得按时吃饭，省得你妈老惦记，嗯？"他又抹了抹汗，我抬眼瞥见他额角的白色发丝那是我平日里不曾注意的。

"我得走了。单位还有事——骑车回去还得一个多小时……"我这才想到，这个小县城每天只有一趟早班车。为了这区区一杯蛋炒饭，父亲要骑着自行车往返上百里！

临走时，父亲默默地看了我好一会儿，却只说了一句话："行了，回去吃饭吧。我尝了一口，不咸。"

看着自行车上父亲踽踽远去的背影，我使劲儿地仰起脸，却挡不住泪水奔流。

十几年过去了，我总也忘不了那白色搪瓷杯里蛋炒饭的滋味。父亲错了，那实在是我一生中吃的最咸的蛋炒饭，因为他不知道，我在其中掺进了多少眼泪。

心灵 寄语

父亲无微不至的爱带给我们心灵最大的感动，无数的爱融汇在我们的心间，堆积起父亲伟大的形象。

为爱低头

依 雪

　　我父亲的性格：胆小懦弱，毫无主见，却又固执且死要面子。他凡事都要靠我母亲做主，与村里人发生纠纷时，最后一句话总是"等我老婆来了再跟你讲"。父亲就是这样一个人，我曾经打心眼儿里瞧不起他。

　　父亲在父辈们中算得上是半个知识分子，曾经差点儿被推荐上了工农兵大学，最终由于种种原因没有去成，然而他的同学却都比他幸运，一个个都吃上了国家粮。由于面子的缘故，父亲很少与同学交往，在我的记忆中几乎没有。只听他说过早年有一个同学在我们乡当乡长，父亲每次碰到他，总是直呼其名。后来乡长托其他人转告父亲，在众人面前不要叫他的名字而应该叫乡长。父亲当时觉得受到很大的侮辱，便再也不去见那位乡长了，直到他调任也没有去送行。父亲通过自己残缺的知识对世界有了一个残缺的认识。他总是向我表述一些错误的观点，令我无法忍受，每次我都试图予以纠正，但总是徒劳。父亲的固执令我恼火。所以我们每次谈话都不欢而散，因此我总是有意无意地回避着父亲。

　　高考那年的7月，天气异常闷热，跟我的心情一样。我的分数只上了专科线，我很烦，整天地不吭声。父亲好几次想接近我又走开了，后来终于坐在了我的面前，酝酿了好久，表情很痛苦，但他终于开口了。他说他有一个小时候玩得很好的同学是某大学的教授，他准备明天带我去求那教授帮忙。然而，我知道父亲与那教授已有二十几年没有联络了，临时有事求他，并突然去见他，那场面该有多尴尬。但我还是答应了父亲。

第二天，父亲提了一篮子鸡蛋和两只土鸡带着我早早地出发了——避开了村里所有人的目光。当父亲按门铃的时候我看见他的手在抖。两位二十几年不见的老同学见面，场面应该是激动人心的，但由于我的介入就完全变了样。功利的搅和往往使友谊失去了美丽的色彩。父亲很是拘谨不安，见面就叫对方教授，教授显出了应有的气度，叫父亲的名字，也要父亲叫他的名字，但父亲固执地一直以教授称呼对方。这让我想起了鲁迅跟闰土见面的情景。

事情进展得很不顺利，后来父亲又单独去了几次教授那里，最后一次父亲很晚还没回来，我打着手电去接他。在路上我看见了父亲，惊奇地发现手电筒光束下的父亲竟是如此的瘦小。这时才想起母亲曾经告诉过我父亲只有九十来斤。这九十来斤的身躯要肩负一家人的生活与下一代的希望，担子确实太重了。父亲甩着右手，深一脚浅一脚地向我走来。我知道他的手又开始胀痛了。每个疲劳过度的晚上，他的手总会莫名地胀痛、抽筋，病痛经常折磨得他到夜里两三点钟还不能入睡。父亲的颧骨明显地突兀出来，满脸的皱纹写满了倦意与愧疚。我预感到了事情的结果。父亲说他喝醉了，在车上睡得太死，以致到站了都未能醒过来，还是打扫卫生的乘务员叫醒他的。父亲觉得很内疚，对我说，下辈子投胎做人千万不要再选他这样无能的父亲。我哭了，应该内疚的人明明是我，是我连累了父亲。父亲却向我道歉。

后来我被一所专科学校录取了。尽管许多人劝父亲放弃供我读书，尤其是这样的学校。但是父亲毫不犹豫地送我去了学校。父亲说

他不希望看到我再过他的日子。

　　而今，父亲依然胆小懦弱，依然固执。但是我爱他，因为他对我的爱是任何人都无法比拟的。我知道，我们无法选择我们的父亲，也无法改变我们的父亲。但我们可以选择自己，改变自己。

心灵 寄语

　　每个父亲都会努力去帮助孩子，就算是再大的困难父亲也会去努力帮你铺平道路，这就是父爱的伟大。

普通的老棉鞋

雅　青

我参加工作那年才15岁，抽泣着坐上一辆破旧的支农客车，来到离家100多里地的县城，前来送我的是我的父亲。

那是一个寒冷的冬天，而我的脚上还没有穿棉鞋。此前，我从没有出过远门。在家里不觉得冷，母亲更没有打发子女出门的经验，一路上，我的脚被冻得猫咬一样的疼。

到了县城，手里捏着临出门母亲塞给我的两张钱，一张10元，一张5元，那是母亲当年工资的四分之一。可我不知道城里哪儿有百货商店，没办法，我只好挨着。

大约一个星期后，父亲来城里开会，顺便给我买了一双布棉鞋，胶皮底儿，黑色条绒的布面，还有穿过鞋带儿的两排扣眼，厚厚实实的，非常结实。

那时我的个头很小，父亲可能以为我还要长高，一双脚也许会再长大，买来的棉鞋又肥又长，穿在脚上空荡荡的，因此走路总崴脚。

对那双鞋，我心里很不满意。因为，同事有些已经穿皮鞋了，黑亮的猪皮半高跟，走起路来身体都亭亭玉立起来，而我的脚上竟然还穿着那样的一双肥大松垮的老棉鞋。

我用不屑的眼神看它，尤其是在父亲面前，偶尔回家一趟，憋足了劲不和父亲说话，脸色十分难看。其实我知道，在我们家里，一切事宜都是由母亲操持的，就像给儿女买衣物等这些琐屑事情，父亲是从不过问的。可那一次，他却能为我去做他不喜欢也不曾做过的事情。

听母亲说，为了给我买那双棉鞋，父亲把会后回家的路费都用上了，100多里的路程，父亲硬是步行20多里，直到深夜才搭乘一辆顺路的货车赶回家。

八九元啊，母亲说，你一个月的工资是多少？！我知道，全家7口人（当时病弱的奶奶也在我家里住）平均每月每人才十几元生活费的情况下，在我父母的眼里，那已经是一双很高级的棉鞋了。

我一个月的工资是27元9角。拿到工资后的第一件事，就是到鞋店为自己挑选了一双漂亮的猪皮棉鞋，鞋油擦上，油光锃亮。然而这时候天气已经很暖和了，皮棉鞋在我的脚上穿了没有一个月就束之高阁了。第二年的冬天，当我再找出来的时候，它已经严重变形，根本不能再穿了。

所幸的是，我还有父亲为我买的那双笨重的老棉鞋，那年冬天，我又一次穿上了它。我的脚真的又长了许多，老棉鞋穿在上面已经不再显得空荡了，当再次穿上它的时候，竟然感到它是那么的舒适和温暖。就这样，我穿着它度过了一个又一个滴水成冰的日子，直到在一次洗刷晾晒的时候不慎丢失。

那双普通的老棉鞋，让我铭记到今天。那来自脚心的温暖，在我的记忆中是那么美丽而又忧伤。尤其是父亲去世以后，我更加体会到：在我生长的所有日子里，父亲的爱护无处不在，细微之处总是那么令人感动，正是有了这样的关怀，才使我有一个美丽的人生。

感谢父亲，这许多年来，是无言的父爱伴我在岁月里从容行走，我知道，我的心是因有了它才豁朗，我的路是因有了它才宽阔的。

孩子往往会因为小事去责怪自己的父亲，但当你之后想想，其实你的父亲所做的一切都是为了你，为了自己的孩子。

父亲的守候

夜 薇

　　儿子在城里买了大房子又装修好了，就催着乡下的父亲来城里享受一阵儿。几个电话打回去，父亲说，行，等我把地里那只贪嘴儿的鼠贼子逮住了就来。

　　父亲是个认真的人。

　　父亲在秋天种了一亩花生，贪嘴儿的老鼠每天去花生地里掏。别人家总是在下种的时候拌些农药，鼠贼子闻着味就不敢去偷。于是有人就劝父亲也拌些农药。

　　父亲说，哪能呢，电视上都在演绿色食品，再说来年花生下地儿，我还要拎些给城里的儿子媳妇吃咧。

　　父亲把花生籽儿一种到地里就开始守候。

　　父亲知道，一过了三五日，那花生籽儿在地里发了芽，鼠贼子就不打它们的主意了。父亲在地头挖了一个坑，每天就躲进去，身上盖了枯草，手里握一把宽面的铁锹，就那么守着。渴了就咕咚一口瓦罐的水。守到第三天，一只鼠贼子领着鼠娃子鬼鬼祟祟过来了。父亲看见，鼠们到了地头，那只领头儿的鼠贼子示范一样撅了屁股，用一双前爪飞快地刨起了土。不一会儿，那地就刨出了一个窟窿。正当那鼠埋了半截身子拼命刨土时，父亲单手挥出了铁锹，不偏不斜，拍在那只老鼠的身上。众鼠愣了一刻，呼啦啦四处逃散。

父亲露出了疲惫的笑。就让那只半截身子埋在土窟窿里的大老鼠屁股朝天地竖在那里。父亲知道，别的鼠们再也不敢轻举妄动了。父亲放心地收拾了几件衣服，辗转坐车到了城里。

见了父亲，儿子和媳妇一脸欢喜，带着父亲去了城里几个好看好玩的地方转了个遍。之后，把父亲撂在了宽大的房子里。儿子拿出二百元钱，说，爹，这钱给你零花，楼下商店有烟，你自己去买。

儿子和媳妇上班去了，父亲就在家里看大屏幕彩电。几天下来，眼睛肿了，后背僵了，腿也抽筋了。父亲就锁了门到楼下去转。那天下午刚哐啷锁了门，父亲突然记起忘了带钥匙，就只好在楼下使劲溜达。偏偏赶上儿子媳妇晚上不回家吃饭，父亲就一直溜达到半夜。一不小心，跌进了被人偷走井盖的下水道。后来，直到看见儿子窗户里亮起了灯，才一瘸一拐上了楼。儿子见父亲膝盖破了，连声追问。父亲说，没啥，掉坑里了。

第二天，父亲的腿肿了老高。儿子把父亲送进医院一透视，父亲的小腿都骨折错位了。儿子红了眼睛，爹！你还说没事呢。

父亲才住了几天院就嚷着要回儿子家，嘟哝说受不了医院那股味儿。儿子只好把父亲接回了家。儿子一个电话接着一个电话往小区物业管理处打。父亲渐渐听明白了，儿子要替伤了腿的父亲打官司。儿子打了一阵电话就不打了，坐在那里生闷气。

父亲说，你们城里人太复杂了，谁偷的井盖找谁不就成了吗。

儿子说，你想得太简单了，你能抓住偷井盖的吗。

父亲咕哝说，咋不能，偷花生的鼠贼子都被我逮住了咧。

儿子笑着说，行，哪天你去试试。

腿好了的父亲在一天晚饭后真的下楼去了。媳妇跟儿子嘀咕，你爹是不是把脑袋也磕坏了呀。儿子正色道，瞎说什么。说罢又补充了一句，让他折腾去吧，闲着也是闲着。

父亲在楼下守了两个晚上，都是半夜空手而归。第三个晚上，父亲突然有了一个主意。他掀开一个活动的井盖，溜了下去，又把自己盖上了，等待贼下手。也许该那偷井盖的人倒霉，父亲守到十一点，正要收兵，真的等到了那只手。箍上去的，是父亲那只冰冷、滑腻的手。待父亲爬上地面，隐约的路灯下，父亲看见了一个吓呆了的黑瘦的女人。

父亲赶紧松了手。

女人后来呜呜地哭了。

女人说，大叔，饶了俺吧。

父亲说，一个女人家，咋就干起了这个营生。

女人说，大叔，俺家里有一个瘫子男人，还有一个上学的娃儿，俺就到城里捡破烂来了。

父亲说，捡破烂咋就捡起了公家的井盖了。

女人低声说，井盖不是能卖七八块钱一个嘛。

父亲有一会儿没说话。后来父亲问，这楼前楼后有几个井盖？

女人说俺也没有数过，咋的也有上十个吧。

父亲就突然掏出了一张百元票子塞到了女人手里。父亲说你把钱拿走，别再惦记这几个井盖了。

父亲就转身走了。

父亲回来的时候衣服脏兮兮的。儿子皱着眉说，怎么了？父亲拍打了一下，说，没啥，摔了一跤。儿子加重语气：爹，别再惦记抓贼了。

父亲说：嗯，不抓了。

心灵寄语

父亲的胸怀是宽广的，他们的内心可以包容很多事，因为作为父亲，他们懂得每一个做父母的感受。

感谢师恩

凌 荷

至今仍很难忘记那个夜晚，仍铭记着老师灯光下的语重心长："把握今天，努力不使它成为带有遗憾的昨天……"

那是刚进行完一次考试。我因为考得很糟糕，心情非常烦躁，灰心丧气，整天只觉得昏昏沉沉，无所事事。

那天是周日晚上，我们刚刚到校。随着晚自习的铃声落下，教室里顿时一片寂静。我坐在座位上，手中拿着一本书，翻来翻去的什么也看不进去。"新华，你出来一下。"这一声打断了我的遐想，我疾步走出教室。

当走到教室门口的时候，一股凉风扑面吹来，使我的身体直发抖，我想退回来。但是看到老师那单薄的身体在风中晃动，我把脚迈出了教室，走到了老师的面前。

老师用手理了理她那被风吹乱的头发，清了清嗓子，开始和我谈话："新华，你觉得这一阵子的学习怎么样？"我低下头默默无语。老师紧接着又追问了一句："是不是这次考试给你很大打击？"我点了点头，然后把头扎得更低了，不争气的眼泪也涌出了眼眶。老师拍了拍我的肩膀又说："一次失败决定不了什么，失败只是暂时的，要敢于面对失败。失败了要找到失败的原因，找到原因，才能对症下药，这样才会有进步。把头抬起来，勇敢地面对生活！"

我抬起头，远处黑暗的天空中有一颗闪闪发光的星星。我和老师面对面站着，昏暗的灯光洒在我们的身上，我们的影子投射在墙上，勾勒出了一幅人生最美的图画。这时老师又开口了："生命的意义在于过程，只要付出了，努力了，又何必太在乎结果呢？"

就是在我极度地想得到别人安慰的时候，老师，是您给了我安慰，使我重新燃起了心中的梦想，重新确定奋斗的道路。

感谢您，老师！

心灵 寄语

在人生的路途中，老师就像是我们生命十字路口的指路牌，在我们迷失方向的时候引领我们回到正确的道路。

敬　启

  本书的编选参阅了一些期刊报纸和著作的文字以及图片，由于多种原因我们未能与部分入选文章和图片的作者（或译者）联系。敬请原作者（或译者）见到本书后，及时与我们联系，我们将按国家有关规定支付稿酬并赠送样书。

编 委 会

邮箱：chengchengtushu@sina.com